U0437732

文治
© wēnzhì books

更好的阅读

[日] 宇佐见铃 著

千早 译

车上的女儿

くるまの娘

浙江人民出版社

图书在版编目（CIP）数据

车上的女儿／（日）宇佐见铃著；千早译．－－杭州：浙江人民出版社，2024.2

ISBN 978-7-213-11182-2

Ⅰ．①车… Ⅱ．①宇… ②千… Ⅲ．①长篇小说—日本—现代 Ⅳ．① I313.45

中国国家版本馆 CIP 数据核字（2023）第 164662 号

浙江省版权局
著作权合同登记章
图字：11-2023-367 号

KURUMA NO MUSUME
by RIN USAMI
Copyright © 2022 RIN USAMI
Original Japanese edition published by KAWADE SHOBO SHINSHA Ltd. Publishers
All rights reserved.
Chinese (in Simplified character only) translation copyright © 2024 by Beijing Xiron Culture Group Co., Ltd.
Chinese (in Simplified character only) translation rights arranged with KAWADE SHOBO SHINSHA Ltd.
Publishers through BARDON CHINESE CREATIVE AGENCY LIMITED, Hong Kong.

车上的女儿
CHE SHANG DE NÜER

[日] 宇佐见铃 著 千早 译

出版发行	浙江人民出版社（杭州市体育场路 347 号 邮编 310006）
责任编辑	徐 婷
责任校对	陈 春
印 刷	河北鹏润印刷有限公司
开 本	880 毫米 × 1230 毫米 1/32
印 张	5.5
字 数	66 千字
插 页	4
版 次	2024 年 2 月第 1 版
印 次	2024 年 2 月第 1 次印刷
书 号	ISBN 978-7-213-11182-2
定 价	56.00 元

如发现图书质量问题，可联系调换。质量投诉电话：010-82069336

"佳子。"她听见呼唤。母亲从厨房来到起居室，朝二楼呼唤着她。"佳子，吃午饭了。""佳子，吃晚饭了。"本不该听见的声音，仿佛穿行于梦境与现实之间，传入耳中。过去是"阿哥、佳子、小彭"，"阿哥、佳子、小彭，吃饭了"。去年，哥哥离家独立之后，变成了"佳子、小彭"。今年春天，弟弟去外公外婆家住之后，就变成了"佳子"。母亲总在楼梯下如此呼唤。那声音仿佛永远不会消失。"阿哥、佳子、小彭。""阿哥、佳子、小彭。""佳子、小彭。""佳子、小彭。""佳子。"……

佳子背对着光。她弓着背,感受到光与热正聚集在自己突起的脊柱上。是呈鲜明血色的光。光滞留在闭合的眼睑与眼角间,风拂过时,会轻柔地随之黯淡一瞬。呼吸时,肺部会在温热中一点点变脏。额头与发丝里也汇集着热意。鼻子抽动着,体会细细碎碎吹进来的风。左脸颊缓缓变凉时,佳子察觉到自己正背负着某人,那人的气息似乎落在了她肩上。

耳旁微弱地持续着窗外校区扩建的施工声,听起来那样遥远,忽然,音量乘着风猛地加大,佳子就在这一刻完全清醒了过来。安静的教室里,全是陌生的脸。她伸手想擦擦右脸颊,因为趴在课桌上太久,那里留下了微微泛湿的印痕。佳子意识到自己又睡着了,心慌地将从第四节课起就一直摊在面前的古文教科书和边角打卷儿的字典收进了书包。嘴巴里是干涸的唾液味。

"看来是醒了呢。"女物理老师看着收拾桌面的佳子，用毫无起伏的声线挖苦道。可当佳子抬头时，老师又迅速移开视线，继续讲起了课。

"佳奈子，你是文科班的？那应该要换教室。"斜后方传来担忧的声音，是去年同班的女生。这间教室的第五节课是物理，文科生需要转移到小教室去。佳子用微不可闻的声音道了歉，然后站起身来。佳子经常陷入这种状况。虽然她是第一次经历睡着时周围的人都悄悄换了一拨，但午休睡过头太平常了。下节课开始时总伴随着焦灼，有时其他人都去运动场了，直到上课铃响，她才在关了灯的昏暗教室里独自醒来。

佳子在课桌的空隙间穿行着走出教室，来到装有玻璃窗的走廊，只见树木青翠，环绕着校园。地理课上老师说过，这些都是推平山地建校后新植的。的确，校园里的树木并不会散发进入山间时扑鼻而来的泥土味，在日晒下也不会像野生植物那样冒热气。

体育老师从走廊尽头迎面而来，刚捕捉到佳

子那散漫的模样，就噗地大笑出声："秋野，你还好吧。"他的笑并不含恶意，而是接近猛拍一下背部给予鼓励的感觉。佳子喜欢这位体育老师豪放的笑声。

"在偷懒啊。"

"嗯，偷懒。"佳子应声，心想，原来这叫偷懒吗？还以为偷懒是更敷衍、更自由的主动行为，原来会这样水到渠成般地发生吗？佳子正前往小教室。她应该在摆放着白色长椅的拐角转弯，再经过一位优雅的白发老奶奶经营的小摊，从教师办公室一侧的楼梯上至小教室。可是，脚在抵达目标楼层后，仍想继续往上爬。于是，她重重地又踏上一级，再踏一级。"喂喂，"佳子对着空气嘟嚷起来，"喂喂喂。"转眼，她已经踏上通往顶层的那段楼梯。最近，她时常这样莫名地着魔。她回想起刚才那位女物理老师去年讲解过惯性法则。例如，在医院听见八音盒版的《卡农》时、放学路上仰望晴空时、在教室吃便当试图扎起小番茄时，佳子会忽然变成一个物体，变得无法做出变化。她要么是无法动弹，要么是重复相同动作。这种症状大约是在一年半前开始出现的。某个早晨，醒来的佳子感到神清气爽。她无法停下自己的脚步，先是去家居建材超市买了绳子，接着那双脚又走到了街边的小神社。她将绳子挂在了神树上。那天回家后泡了澡，佳子望着浴缸的温度显示器，听见门外传来母亲和班主任打电话的声音。水很热，佳子冻僵了的身体泡在里面隐隐作痛。最终，他们定下了一系列的谈话，谈话对象从班主任到心理顾问，再到医生。

"妈妈正苦于脑梗死后遗症，爸爸还大吼着拒绝去学校谈话。哥哥心生厌烦，离开了家。弟弟报考了外公外婆家附近的学校，决定明年搬去住。班里没有朋友，我总在独处，不过并没有遭到霸凌。做小组课题时，也有人愿意带上我。学校布置很多作业。晚上总在吵架，连睡觉的时间都没有。由于缺席太多次，我无法融入社团活动，打算之后申请退出。我和班主任关系很差。听朋友说,他前段时间还把我父母叫作'怪物'。这段时间我变得很懒散,不想打扫卫生,也不想学习。我没力气去上学了。"

每当说出口,话语就成了空洞的壳。每句都像是原因,却怎么说都不对劲。佳子将无法自如活动的身体归咎于他人、归咎于不如意的事。谈着谈着,一时之间似乎找到原因了,可当她道谢后走到室外,踏上草坪的瞬间,又觉得情况不同了。那团热热的块垒,一旦通过喉咙诉说出来,就会幻化成其他东西。尤其是说到两年前母亲因为脑梗死住院的事情,佳子总会陷入无言。她记得母亲最开始发病是在上班的地方,却想不起自己是怎么被告知这件事的,就连看着母亲因为麻痹等一系列后遗症呻吟不已时自己在想什么都不太确定了。然而,她却总会想起一个夜晚——风似乎是战栗着裹住了屋顶;一对父子骑着自行车经过了门前的坡道,随即只剩小孩那铃音般清亮的声音继续传来，大人的低沉嗓音先一步消融在黑暗之中，再也听不见了。

母亲从电视节目里学到将食材用热水焯一遍的做法，先在透明的碗里盛上热水，再泡入用剪刀处理好的鸡肉块。出院后，她的左半边身体仍有麻痹感，据说通过康复训练有望缓慢恢复，她便开始使用剪刀代替菜刀。母亲做饭时佳子就守在一旁，边复习定期考试的内容，边和她聊天。当她提到上周两人一起去看的电影时，母亲忽然没了回音。

佳子抬起头，只见母亲手扶着灶台，像被攻了个措手不及。

佳子一下就会意了，接着又问了母亲几个问题，像附近新开的面包店、母亲住院时自己送她的花。母亲看起来简直像被错认成其他人搭话了一样，佳子不得已露出了羞怯的笑容。她回忆起两人在看完电影回家的路上交流感想的场景，那一幕很不错啊，那个演老师的人讲台词真没感情。

洒在林荫道上的光那么美丽，却也无法免于被忘记的结局。

鸡肉渐渐发白了。母亲念叨着熟过头了，边冲水边捞出鸡肉。母亲用湿答答的手暴躁地挠起了她那白白的脸颊，一下一下，沙沙作响，一不留神扭到了脖子。"哔——"不合时宜的提示音响起。该晾衣服了。母亲放下鸡肉走向盥洗室，被佳子急忙拦住。之前说好了，在母亲行动不便期间，由家人负责下厨以外的家务。然而，母亲猛地挣脱了佳子，一头扎入洗涤筒，晾起了衣服。

在昏暗的日光灯下，母亲散在肩膀上的头发闪着一丝一丝的白光。那身化纤面料的粉色家居服已经穿到褪色，每动一下，都会跟着软趴趴地起皱。挂在左臂上的衬衫悄然滑落，突然，母亲兴趣索然地离开了洗衣机，在起居室里踱起了步。佳子蹲下身，打算捡起那件衬衫。

就在这一刻，佳子听见了足以撕裂空气的悲鸣。母亲的背影坍塌了，她像小女孩扎双马尾一样，两手紧抓着头发，朝空气里看不见的某个存在尖叫着，一遍又一遍地鞠躬。

佳子倏地想起，母亲曾是坚毅的人。这样的她在病后性情大变，动不动就会哭出来。佳子暗下决心，将鼓舞她视作自己的职责。母亲像赖在超市地板上不肯走的小孩那样，发出接近破音的哭喊，佳子反而冷静了下来。她释然一笑，心想得安抚母亲了。佳子跑去母亲身边，想对她说"又不是小孩了，别哭了"。她伸出手，"又不……"喉咙刚发出声，眼泪就淌到了下巴，"……妈妈。"

"妈妈。""妈——妈。"那是呢喃般的呼唤。佳子跪在地上，脸颊贴向了眼前无言的背脊，在那背脊上来回摩擦起来。

脚不受控制地爬着楼梯。朝着天空、朝着天空。总之，要尽可能地爬向更高。身体不断地膨胀着。佳子觉得，抑郁就是身体变成了水气球。每天，她都如同被拖行在沥青路上的水气球一般痛苦，为细微的事而受伤、破裂。佳子踩上了最后一级，径直撞在门上，身体总算停了下来。她拧了拧门把手，果然上了锁。无法进入天台，佳子只能将脸颊贴近，想象起门那边的天空。她蹲下身，现在明明没有那种念头，想象却妄自延伸。迄今为止，从这扇门坠落了多少学生的幻影呢？

  如此静默了一会儿。窗外掠过鸟的身影，佳子被拉回了现实。刺眼的阳光照在脸上，佳子想，被带走时真是毫无察觉。那次之后，母亲的身体慢慢恢复，虽然依旧伴随着麻痹和记忆障碍，但至少她表面看起来已经没有异常。

  肚子饿了。佳子想起早上在便利店买茶时找的零钱就放在裙子口袋里，就想去小摊上买点什么。总算站起身时，居然听见校内广播叫她的名字。她一时焦躁，以为是刚才的一系列举动被谁看见了，赶过去才知道是因为其他的事。"去了小教室，没看见你。"班主任正在桌面上整理资料。接着，他让佳子去教师专用的停车场等着，母亲要来接她。

从体育馆后面穿过,来到停车场,佳子站在百叶箱的阴影处。隐约能听见口哨声。云朵里充盈着明亮的阳光。望向池塘时,佳子以为下太阳雨了,原来是五六只水黾在水面上漂游,随之泛起一重重波纹,扩散、交织,一瞬间,她萌生了在雨中的错觉。

凉意在皮肤上蔓延,佳子披上了原本围在腰间的运动制服。行道树上的每片叶子都因风而摇曳,佳子凝神盯向道路远处,等待着即将在阳光的笼罩下爬上坡道的那辆黄绿色汽车。

"坐前面哟。"

车窗落下，驾驶座上的母亲探出了头。佳子感受着来自后方车辆的目光，绕一圈后弯腰坐进了副驾驶座。她将包硬塞入双脚间，避免提手部分外露，然后用力关上了车门。阳光被隔断，视野立即暗了几个度，她有些眩晕。

听见母亲让自己喝茶，佳子便低头看向插着吸管的两个纸杯。两个杯盖上都溅到了茶色的饮料。

"都是茶？"

"不，一杯是可乐。"母亲凝视着前方说道。

发生什么事了呢？从母亲的态度来看，应该不是什么好消息。那是谁怎么了？佳子忍不住推测起来，而后又急忙将不吉利的念头赶出脑袋。

刚一坐下，侧腹就渗出了大量汗液，不一会儿佳子便开始发冷。佳子一手拿起凝着水珠的纸杯，一只手系着安全带，并顺势转头看向后座，发现那里被一大堆行李占领了。佳子问，这是要去哪里。母亲回答，片品村。

"说是奶奶病危了。"

尖锐的车喇叭声如责备般连响了两下，母亲面无表情地踩下了刹车。车身摇了摇，停在了刚变成红灯的路口，前脸稍稍过线。她伸手拿起另一个纸杯，吸了口饮料。

"是吗？"佳子只是简短地应声。母亲的情绪并不似往常那样激烈。毕竟是身为婆婆的那个人病危，或许她在考虑是否该流露出担忧。这种态度也感染了佳子。她吸了口可乐，便将纸杯放回了原处。

"现在去医院？"

"阿哥先出发了。爸爸刚在公司知道了这事，说是坐新干线去。"

佳子望向道路的尽头，那里微微发白，如同蒙着一张薄纸。印象中，父亲几乎没说过奶奶的好话。即便带家人回乡探亲时，他似乎也在疏远奶奶，这几年更是一直没再回去。

耳朵深处很吵闹。树荫间持续传来蝉鸣,听起来越发扭曲。眼前斑马线上行走的人撑着遮阳伞,将白晃晃的阳光反射过来,比身处室外更让佳子感到炎热。冷气直接吹在脚上。大腿后侧感受着制服裙摆的堆叠。大腿内侧仿佛粘在了一起,如同剥离皮肤般,佳子分开了双腿。

佳子慢半拍地意识到,哥哥也要来。哥哥和同事结婚后,在枥木定居了。此后可以说是杳无音信。这件事是通过他的妻子夏小姐,才辗转告知于他。母亲说,应该是哥哥最先到。

虽然只见到了昏迷状态的奶奶,但哥哥确实赶上了。因为工作,身处关西的父亲则没有赶上。说是刚过下午三点人就走了。事已至此,她们与父亲约定在埼玉的一个车站会合,母亲将车停靠在路边,然后下车去接他。佳子从副驾驶座望出去,看见了长椅上身着正装的父亲。他一如既往地驼着背。即使坐在车里,佳子仍能听见车站里电车出发的提示音与乘务员的声音。伴随着发车,灌入站台的阳光像被敲碎了一般，在盲道与银色扶手上空忽地跃动起来。

父亲注意到母亲走来，起身挥了挥手。他驼背的模样很显眼。母亲朝他说了些什么，父亲便微微点了两下头。佳子见状，从副驾驶座下来，艰难地挤进堆满行李的后座，等待两人回来。起风了，枝叶摇摆着，仿佛正将清澈的空气从内侧抖出来。父亲迈开步子时，一只鸽子正好从眼前飞过。明明是生活在一起的父亲，此刻看起来却像久违的人。

关车门时,父亲说刚从那边楼梯下来时,好像看见了阿大。佳子的心咯噔了一下。父亲形容憔悴,他将行李尽数放下,弓着身体替换母亲坐上了驾驶座,随即说道:"应该认错人了,我没忍住盯了他好久呢。"语气居然有些兴奋。

车子绕过环形交叉口,驶入一条窄道后,阳光变暗了。炫目感退去,佳子不禁眨了眨眼。视野里,忽然涌入了各种东西,褪色的邮筒、缓慢运转的空调外机,以及堆放在居酒屋外侧的绿酒瓶与瓶筐。

"帅吗？"尽力摆出正经模样的母亲像是松了口气。"哎呀，是吧。"有一瞬间，佳子从后视镜里瞥见了父亲的眼睛。

阿大与佳子是青梅竹马。他们曾就读于同一所小学，还两次分到了同班。但非要说的话，佳子觉得还是哥哥跟阿大关系更密切，他们同在足球队。父亲会知道阿大，也是因为经常目睹他在球队活跃的表现。母亲从前就爱夸奖阿大是好孩子，长得也帅，即使佳子进入私立中学后不再与他同校了，也时不时会听见母亲说偶遇了他。

"他倒是不可能来这么远的地方。"

"那孩子，看到你很奇怪吧。"

"好像没发现我。"

驶过车站前分布着古着店与快餐店的小路后，没开多久就遇见了红灯。宽敞的停车场上有家便利店，背后是一座外壁铺满老旧瓷砖的建筑物，用绿色的字写着"青年会馆"。一旁的运动场上，好几个小孩来回奔跑着。他们的欢笑声仿佛能将阳光都震散。稍远处，有个女孩躲在矮矮的樱花树下。不一会儿，她像是终于憋不住了，故意露出脸挑衅，被发现后又飞奔起来，盛夏的阳光映照着她，明亮地反射过来。佳子想，为何小孩的发丝都柔软得近乎透明呢？那样的头发却会在不知不觉中变得无法透光，变得又黑又硬。

"说起来，前段时间去接佳子时，遇到阿大妈妈了。她啊，经过我面前，忽然问彭彭还好吗。欸，她居然叫'彭彭'。我才想起来，她以前确实总'彭彭、彭彭'地叫。我说小彭上高中后，因为学校太远住去了我老家，她可吃惊了。在她印象里，小彭还是没长大的孩子吧。就是星期天被带去看哥哥比赛的那个小孩。"

"哈，确实有过那种时候呢。"佳子脑海里冒出了当时的自己，下意识压低了声音。与弟弟不同，她当时耍性子不肯去看。不过，母亲并没提起这一点。

"男孩都会长大。"母亲嘀咕着，"也不知道小彭怎么样了。"话音落下,她叹起了气。父亲没应声,佳子便答:"老样子、老样子啦,不是春天才过去的吗?"

"不好说。搞不好交女朋友了。"

"今天问问看呗。"

"嗯。"母亲答话时,车拐了个弯。

"佳子,明年春假,你该考驾照了吧。"

"才不考。"佳子答道。路上骑摩托车的男人白衬衫里灌满了风,看起来像在发光。"反正会一直住这边,坐电车就好。"

"说什么呢,阿哥现在不就搬去枥木了?总归是需要的啦。"

"是吗?"佳子正了正坐姿说道。

刹那间,她回忆起阿大对自己说过"你爸爸真年轻啊"。说这话时,他正探着头看佳子拿来课上用的照片。他经常夸佳子的家人。"你哥哥,踢足球超厉害的。""你妈妈,真是美人啊。"

"是吗?"年幼的佳子看向照片。那是佳子刚上幼儿园时拍的。照片里，父亲的脸白皙而端正。在绿意盎然的庭园玄关处，因为强光而眯着眼，眼周落下一些暗影。那略显忧郁的面庞，确实青年味十足。小学生对大人用"年轻"这个词是有点怪异，在那一刻，阿大活像个小大人。

"你们一家，关系真好啊。"佳子因为家庭旅行而提出早退时，阿大果然又赞美了起来。

那是一次床车旅行。所谓床车，顾名思义，就是睡在车上，佳子一家出门旅行总是这种形式。当初是父母共同商量，买下了满足条件的车。放倒第二、第三排的座椅靠背，铺上垫被消除高度差，遮盖住车窗后，卷着睡袋或是毛毯就能睡。母亲说会在课间来接佳子。

"是吗？"佳子依然淡淡地回答着，穿过了花坛凋零所剩的植物们缠绕而成的拱门，"是为了节约啦。因为爸爸是小气鬼，不肯订酒店。"

"节约！"不知有什么好笑的，原本在花坛砖块上排列碎石的阿大，居然捧腹大笑起来。由睫毛空隙洒落的光斑，在他脸上轻颤不已。

"干吗呀？"佳子想戳戳他，才意识到自己的头发被枯草挂住了。她纳闷地转过头，发现是俗称苍耳的植物的种子缠住了发丝。

"你，真傻啊——"阿大笑得更起劲了，"我来帮你弄。"说着，他手一撑，站起了身。

佳子正嫌弃着阿大刚摸过地面的手碰自己的头发，母亲恰巧出现了，她睁圆了眼问："怎么啦，有事吗？"佳子犹记得那两人随后念叨着"真是小笨蛋""笨蛋"，为自己摘下了苍耳的种子。

一坐上车，母亲就调侃起了佳子。"才不是啦。"坐在副驾驶座的佳子矢口否认。那份亲切与温柔，如果联系到喜欢或是讨厌未免太失礼了。

"就是很温柔啊，阿大这人。"

"这样啊。"母亲扑哧扑哧地笑了。

"还有，阿大喜欢的是妈妈啦。他总说你是美人。"

"啊，那是两情相悦了。妈妈也觉得阿大帅帅的。"母亲用捉弄的口吻说完，悄悄瞥了瞥身旁陷入沉默的佳子，又笑了，"醋缸子呀。"

车道描绘着大而缓的曲线。佳子忍不住想，母亲还记得那时的事吗？

就诊断结果而言，母亲并没有连发病前的记忆都失去。她更容易忘却的其实是发病之后的记忆。医生说，这叫顺行性遗忘症。为此痛苦的母亲，对于所记得的往事，尤其是孩子们幼年时期的回忆，有了更深的执念。摘苍耳的种子是母亲病倒前的事，或许她还记得，但佳子也不会刻意提起。因为佳子觉得需要向她确认的记忆，得很辛苦才能保住。

父亲打开了电台。

"又是这个，"佳子喝了口水，"走到哪儿都在放。便利店里也是。"

"有吗？"父亲一说，母亲便接话："公司也在放哟。"

"下首歌，再下首歌，怎么尽在唱恋爱。和心爱的小狗碰头了，或是突然吃不下原本喜欢的食物了，要是这类歌多一些该多好啊。"

"别吧。谁会听那种歌啊？！"

一个陌生号码打来电话，佳子接起来发现是哥哥。他说，他打算回一趟枥木，然后和夏小姐一起来。不知是太久未见还是夹杂着电波的缘故，哥哥的声音比印象中更清甜。

"伯父们在安排各种事项，交给他们应该没问题。你们今天能开到片品吗？"

将哥哥的话转述给母亲后，她的表情似乎明朗了一些。

"他还好吗？"佳子朝如此询问的母亲睁大眼，露出笑容，试图告诉她，他听起来还不错。

"大概能开到日光一带，"父亲声音低低的，"不过会很晚。"

"想一起吃晚饭。"佳子复述母亲的话，却听见那头叹息着答"别"。短短的一声，透过电话几乎无法听清。

"哎，也行吧。"

"换人听吧。"说着，佳子将手机递给了母亲。

他们似乎说到了今晚这一车人的住处。刚开始还在紧张的母亲，已经像打开了话匣子一样抱怨起来，还撒娇问能不能住去哥哥家。佳子默默听着，看向停滞在窗外的红色车尾灯。堵车了。起雾的国道一片灰蒙蒙，完全不像白天，远处模模糊糊显现着一群建筑物的轮廓。唯有红灯深深地渗入眼中，无法忽视。

"啫，这阿哥，说我们睡车里不就好了，还反问以前不是经常这样做吗。"

母亲挂了电话，递回给佳子。

"什么，睡车里？"驾驶中的父亲插起了话。

"睡车里。睡车里啊。确实有过。有过对吧，还很经常。"母亲重复着那些词汇，仿佛忽然感应到了其中的含义。接着又像唤醒了什么一般，她补充道："在伊豆啊，还去了山中湖、新潟。"

"可是，来不及准备吧。"父亲面露迟疑。

"买些必需品回来就好了。小炉灶和垫被应该还堆在车里，记得吧，以前去那里用的。是……丸沼。"

"是滑雪那次吧。"佳子搭了话。

"我记得。"母亲发出含糊的声音。

车窗外，二手车店、加油站和比萨配送站流淌而过，接着经过了幼儿园和住宅区，间或还看见了神社、入驻了百元店和玩具店的商场。

"很好呢，很开心的呢。能去泡温泉，还能回车里吃零食。"看着匆匆流动的街景，母亲难掩期待地说道。

云的边缘渐渐开始发黑。高架桥下车辆来来往往的声响,在道路深处混杂成一体,宛如风在呻吟。佳子仰望起了天空。一片晦暗中,只剩云层较薄的地方还透着丝丝微光。

"看着要下雨呢。"

佳子刚走出商店,便听见守在车旁抽烟的父亲如此说道。她站在荧光灯管制成的招牌下方,不稳定的灯光将周围映照得有些扭曲。

和母亲一起进了路旁偶遇的小药妆店,结果佳子冷得受不了,先出来了。店内有一台巨大的风扇，等间距悬挂的"五倍积分日"宣传海报随之飘动着，驱虫专区摆放了亮着白光的蚊子图，蚊子的眼睛被设计成了"×"。婴儿车里包裹着浅蓝色衣裳的小宝宝指向那张图发出"啊"声，穿着托马斯小火车图案袜子的小脚吧嗒吧嗒地拍动起来。等待着结账的女人应声说"会痒痒呢"，身旁的男孩大概是哥哥，正伸手挤压着挂在收银台一侧的糖果袋。

风温温的。或许是皮肤表面还残留着寒意。鞋里似乎进小石子了，佳子低头一看，发现有蚂蚁正在脚尖的网状材质上爬动。她尝试赶了赶，它反而攀向了脚踝。

"过去爷爷死时……"

眼看着佳子赶蚂蚁，父亲忽然开口说道。佳子甩动着脚，只应了声"嗯"。父亲这样冷不防地提起深刻的话题，并非稀奇事。并且，每次说到这些，他的语调总有种微妙的随意感。

"眼泪自然流了下来。发现自己在哭，我都吓了一跳。这次，到底是哭不出来了啊。"

"啊，是呢。"佳子答道。

蚂蚁再次爬上了鞋，她这才注意到，是因为脚边散落了蝉类的尸体，于是脱下一只鞋，单脚站立着，用力地抖落它。佳子知道父亲正注视着她这一连串动作，故意表现得夸张，从而不去看他的脸。

"没什么不好啊。你们之间发生过不少事吧。"

"就是觉得，我好像个冷血男啊。"父亲吐了吐烟圈。

不知该怎么回复，不知露出什么表情才好，佳子含糊地嘟囔了两声，然后陷入沉默。在佳子不知所措时，父亲已经抽完了烟。

"这样啊，"佳子总算开了口，"我倒觉得不是。"

"是吗？"父亲若有所思地看向了店内。

"我去看看。"佳子急忙逃离。

"嗯。"父亲返回车中，发动了引擎。佳子觉得车体仿佛在颤抖。她小心避开聚集着蚂蚁的虫尸，再次进入店里。

佳子反复咀嚼起"冷血男"这个词，越想越觉得滑稽，实在有点无奈。她想起以前在儿童节目里，看过流淌着蓝色血液的怪人。

至少从外形看来，父亲是个普通人。只不过，一旦燃起火星，人会骤变为残酷的载体。拳脚相加，咒骂不止，在那样的夜晚，堕入癫狂。

或许这是在每个家庭都不少见的场景。可是佳子还是无法抑制地害怕那种时候的父亲。内心想反抗，肉体却恐惧不已。就像某种突发隐疾，每当父亲被附身，佳子都会呼吸紊乱地缩起身体。父亲施加的不只是疼痛。父亲拉扯着佳子的头发，把脸凑近佳子，说"好恶心的脸，真吓人"，像拍虫子一样扇她的脸，甚至还会用假声说"别用你那副表情看我"。有时，他会像小孩子那样说话，仿佛在和婴儿对话。"好难过喏""脑子有毛病喏""这蠢人在胡说什么喏"。

殴打间,包裹自己的壳被毁坏后,谩骂无孔不入地覆盖上来,佳子会变得无力抵抗。试图蜷在地上的肢体被展开,蒙着耳朵的手被掰开,那些言语将身体内侧一一侵占。某个夜晚,佳子忽然发现自己总会下意识地捂着胸口、蜷着身体入睡,明明自己并没有受过什么性方面的侵犯。她将被殴打视作耻辱,那是最强烈的表现。

最近,父亲动手施暴的现象减少了。弟弟说,是他的体力衰退了。或许,他想过要改吧。明明觉得无法原谅,可一旦窥见父亲内心柔软的部分,佳子又不知如何是好了。孩子发烧时,哪怕是深夜,父亲也会带去医院。年幼的佳子闹着要小巧虎的画,为了画好,他辛苦练习好久。有次佳子向他倾诉苦恼,他立刻冲去学校和老师吵了架。父亲既不是流淌着蓝色血液的怪人,也不是冷血男,这反而让一切更复杂了。

佳子抬头望向二楼的楼梯时,找到了哭丧着脸的母亲。母亲正在下楼,一看见佳子,脸就皱成了一团。

"很过分。"母亲走到跟前说道。

"怎么了?"

"就是很过分啊,我买的仙贝……"

"出去再说吧。"佳子伸手推了推母亲的背催促,却听见她带着哭腔说:"就,刚才那个男孩捏碎的啊,这些,我买的零食全部、全部……要么碎了,要么就被压扁了。"

"找店员换换?"

母亲摇了摇头。

"我说很难过,店员就说帮我换,可我要的不是这样啊。他差点还要塞我免费券,我拒绝了。"

母亲坐上副驾驶座,使劲关上车门,深深埋下了头。

"怎么了?"父亲一脸头疼地将车开回了道路上。发生了什么,他其实大致能猜到。

"说是仙贝碎了。"

佳子故意说得轻飘飘的,母亲仍埋着头,双

臂间传出诅咒般的嘀咕声。"说什么？"佳子一问，她便把背部拱得更圆了。"我说，都毁了。"她那薄薄的开衫，一直拉到了屁股下方。应该是店里吹到的冷气还没消散。

"要倒霉了。"母亲又补充道。

"明明这么难得。难得地、久违地要睡车里。"

"只有你才那样觉得吧。不过是仙贝上有条裂纹……"

"不是有条裂纹。"母亲顺着车的颠簸抬起了脸。她回头，恨恨地盯着佳子说："都稀碎了。"

不知何时，车已经开下高架桥，在高于周围的路面上行驶起来。两侧绵延着乳白色的墙，朝内弯曲着，像是包裹着道路。每当被墙围住，声音听起来总是闷闷的。时不时会看见混着绿色与茶色的爬山虎交叠在上面。渐渐地，佳子感到爬山虎似乎越来越多，就在这时父亲说，开到枥木会有公路休息站，就去那边过夜吧。

"我讨厌那里。之前，给我煮的拉面很淡。"

母亲怄气地说道。

抵达枥木前的那段路，佳子的目光始终追随着护栏。太阳转眼就失去了光芒。傍晚降临了，一切事物瞬间展露出陌生的面貌。风停息了，静止的叶子掩盖着树木，像在博物馆见过的恐龙化石。放眼望去，那样的树比比皆是，仿佛正朝浅灰色的天空咆哮。伴随着北上，田地与低矮的房屋越来越多，同样是纹丝不动的姿态。偶尔经过松树密集的地方，透过空隙会看见寺庙或是神社的一角。若隐若现的鸟居，红得格外鲜艳。似乎有沾着雨滴的细线三三两两地在车窗上滑落，发出微弱的声响，雨就这样下了。田地里，破了洞的透明温室棚开始随风雨飘摇。

佳子想睡一睡。她闭上眼，眼睑内侧暗淡下来，眼前看起来斑斑驳驳的，她渐渐被吸入黑暗之中。

雨声在无意识间消失了。不知过去了多长时间，佳子沉入混沌，忽然听见母亲说"好蓝"。佳子的意识浮了上来。究竟是什么好蓝，佳子睁开眼，差点失声叫出"啊"。是蓝色的傍晚。山影微微泛蓝，层峦连绵起伏。飞驰在黄绿色的田园间，四周蓝得无法言喻。延伸向远方的田间小路上，矗立着一座座铁塔，钢筋时而重叠、时而分离。看向后方，果然也是山影，完全不见城市的景观。佳子想，来到很远的地方了。

终于抵达公路休息站前宽敞的停车场。父亲刚一熄火，母亲就迫不及待跳下了车。夜风与车站都是蓝色的。最蓝的，是融成了群青色的天空，甚至呈现出了一种透亮感。山的方向又刮来了风。薄薄的白色开衫无法拥入所有的风，凌乱地包裹着母亲的身体。母亲挺起胸膛深呼吸，张开双臂，像是想抒发些什么，可最终仍只说出一句"好蓝"。

先一步看见那两人的是佳子。当佳子犹豫着怎么打招呼时，站在食堂入口，也就是土特产店与游戏区交界处的夏小姐也注意到了她。"啊！"夏小姐轻轻挥了挥手，又戳了一下哥哥。她看向佳子，眯起了眼睛。

佳子与夏小姐只在双方家庭会面时见过一次。在那之后，佳子也没再见过哥哥。对着逐渐走近的哥哥，她实在想不到该说什么，最终只是问候了一句"好久不见"。

"噢。"哥哥生硬地应了一声。佳子心想，原来他的声音是这样的啊。

"爸爸他们呢？"

"那边。"手举咖喱饭的佳子扬了扬下巴示意。

哥哥在人群中锁定了父母的座位，下意识地正了正自己肩上的包。随后，仿佛是某种毫无防备的状态让他心生不安，他帮佳子捧起了盛着咖喱饭碟子的托盘。见三人走来，父亲与母亲各自放下筷子，稍显慌张地站起了身。

"真不好意思，我们先吃了。"

"没事。"夏小姐面带笑容地说道。

母亲顾不上坐下，就说了一圈的闲话，佳子则往纸杯里倒起了水。父亲举了举自己的纸杯，示意他那边有水。面对着夏小姐，母亲的肢体动作很生动，音调也更高了。夏小姐微笑着，连连点头。母亲应该是希望哥哥也加入对话的，但哥哥刚把咖喱饭放到佳子面前，念叨了一句肚子饿，就拿上钱包去汉堡店排队了。

"那个，发生这种事真是……"夏小姐将外套抱在胸前，一脸拘谨地朝父亲说道。

"没事，没事。"父亲笑着请她坐身旁的椅子。母亲见状，忙将行李挪开，腾出了面对面的两个座位。"挤在正中间，坐着不舒服吧。"

佳子自觉地拿起眼前的浅绿色湿抹布擦桌子，听见夏小姐略显局促地说："抱歉啊。"

"没事。"佳子发现，自己说话时声音很愉悦。

身处嘈杂的食堂，声音自然而然地大了起来。哥哥一回来，母亲和佳子的声音就更大了。许久未见的哥哥每说一句话，母亲都会大惊小怪地细问或是赞许连连，哥哥也说得很开心，但他们并非直接对话，而是通过夏小姐这个"外人"在交流。佳子也表现得伶牙俐齿，连她自己都被吓到了。

"最近，这孩子完全不去学校。"母亲摆出为难又恼怒的神情。

佳子立刻朝她鼓起了脸："太无聊了嘛。"言语脱离自身的瞬间就融入了食堂的噪声。窗外，天色逐渐暗了下去。

大家都吃得差不多了,哥哥双肘抵在桌面,撑着下巴看向正在用勺子捞剩腌菜的佳子,开口问:"今晚车停在这里吗?""不。"父亲将杯中的水一饮而尽。母亲抢着答道:"湖畔有停车场,打算去那边。"

"哦,就是能看见男体山的……"父亲朝夏小姐点了点头。

因为坡道地势险峻,哥哥主动提出带路。父亲一开始是拒绝的,但哥哥夫妇似乎预订了坡道另一侧的酒店,在母亲的斡旋下,最终还是让哥哥引路了。

"真是固执鬼。"被母亲这样说,父亲没有还嘴。父亲在停车场等待哥哥上路,然后跟随在后方。哥哥开着蓝色的车,是过去家里用的旧车。父亲不爽地扭动着方向盘,身旁,母亲激动不已地感叹:"真怀念啊!"

"我还记得,店里的小哥送了我们一辆同型号的玩具车。放哪儿了来着?"

"收在哪儿吧,"佳子答道,"但说不定阿哥弄丢了。"

一辆装有起重机的大卡车从旁边超过,扬着头,驶向了碎石山。右转后,喝饱雨水的河川传来了磅礴的声音。接着是几段隧道,每穿过一段,路上的车都跟着变少。到那条曲折的坡道时,周围只能看见前方哥哥这一辆车了。枝叶阴影笼罩着车,母亲轻声呢喃"到伊吕波山路了"。

每次入弯,哥哥的车都若隐若现。父亲跟随其后,一言不发。父亲对哥哥的别扭态度,源于去年哥哥擅自从大学退学并离开家这件事。父亲说过,他还没有原谅哥哥。哥哥也不示弱,他讨厌父亲的严格以及对"偏离道路"之人的冷漠。为了调节尴尬的氛围,母亲从一开始就爽朗地说个不停,此刻却也像是被山里的气息压制住了一般,陷入了沉默。

一刻一刻，都在驶入山中更幽深、更幽深的地方。越是深山，上方的天空就越是失去颜色，只剩一片灰蒙蒙。越发厚重的雨雾吞噬着群山。勾勒道路的灯点缀其中，仿佛摇曳的火苗。浅灰色的山影与深灰色的山影重重交叠。唯有落雨的声音格外响亮。浓雾渐渐环绕四周，凝神细看，才勉强辨认出山的轮廓，可转瞬又从眼里消失了。仅剩山的气息，仍从雾中不断释放出来。天色完全暗下了。只有转弯时车灯照到限速牌，佳子才能看见哥哥的车。每当哥哥的车消失于视野，佳子都会产生那辆蓝色的车已经流浪远方的错觉。盯着树与树之间的空隙，能略微找到天空。佳子闭上眼，等待登上坡道的时刻。就这样，大家抵达了停车场。

"晕车了吗？"先到一步的哥哥看着晃晃悠悠的佳子说道。

湖面上泛着夜雾，佳子看向哥哥微笑的眼睛。或许是紧张情绪退去了，比起在公路休息站见面时，他看起来柔和了几分。

"还好。"

"真的?"哥哥眼里依然荡漾着浅浅的笑意。

"小洸真是，动不动就爱说人晕了呢。"说话时，母亲正在将堆放着的包袋卸到地面上。停车场上的碎石粒，随之微微作响。

得知佳子一行人要在车上过夜，夏小姐表现得十分震惊，还问要不要一起去住他们预约的房间。

"不是你想的那样啦，我们以前就常这样旅行。"母亲笑得有些羞怯，夏小姐紧绷的表情微微缓和，窥探起了哥哥的脸色。

"没错，没关系的。"哥哥点了点头。

哥哥与夏小姐住进了商务酒店，佳子一行人决定去隔壁的温泉泡一泡，但不留宿。佳子将鞋脱在除尘地垫上，脚趾在袜子里活动了好几下。

地板暖暖的，由脚底缓缓松解着佳子的身体。鞋柜的钥匙是一块光滑的小木板，上面用黑字写着"KA七"。母亲打趣地问："因为你是'佳奈子'，所以拿到了'KA七'[1]吗？"佳子想也没想，就答道："真的耶。"

佳子望向充盈着暖色灯光的休息处，能看见一台电视。有人抬头观看正在播放新闻的电视，有人裹着租来的毛毯躺倒在一旁，还有人将零食袋摊开在长桌上，目光呆滞。不知为何，映在佳子眼中，这简直是一派极乐之景。

母亲去前台寄存了钥匙，回来时往佳子的随身小篮子里放了糖和瓶装水，说"送的"。前台的白发女人也朝这边点了点头。母亲笑眯眯的，眼神在那个女人和佳子之间流转。佳子前往更衣室，脱下衣物，接着进入了大浴场。水声从四周传来，

---

[1] "佳奈子"与"KA七"的前两个音都读作"KANA"。

又在天花板与墙壁间反复回荡，包围住整个躯体。佳子合上眼，张开了嘴。热热的水咕嘟咕嘟地涌进嘴里，一闭上嘴，水就会从形状像母音"イ"[1]一样的嘴角两侧漏出来。喉咙发出轻哼，佳子悄悄喝了一口。她喜欢温泉水穿过喉咙时涌上鼻腔的温暖气味。

佳子正闭着眼享受温泉，忽然被母亲戳了戳肩膀。母亲没有用毛巾包裹身体，而是拧干水后顶在了头上。她兴致勃勃地要去露天温泉，佳子眨着进了泡泡而难以睁开的眼睛，回答她："我等等再去。"

佳子刚来到室外，先一步泡入浴池的母亲便回头朝她招了招手。除了母亲以外，浴池里还有两个看起来像姐妹的女孩，正说着英语。女孩们刚离开，母亲便说："那俩孩子，应该住在横滨。"

---

1 日语片假名，发"i"音。

"是吗？"

"好像在聊中华街呢。你没听到吗？"

"嗯。"佳子看着落在大腿上的网眼状阴影，回答道。

"泡这个，对减轻麻痹也有效吗？"

"有吧。你看，标着功效的地方写了'麻痹'。"

"真的吗？"母亲扭动着身体，抬头看向挂在墙上的标牌，"还说对便秘也有效，真的假的？"

对面传来了水声。得知男浴场距离这么近，母亲不禁说了句"你爸爸肯定很孤单吧"。

"毕竟阿哥和小彭都不在。"

"别说，他可能在想这样反而落得清闲，更好放松呢。"

温泉热热的，一起风，水面上就会升起烟雾。夜风拂过露在空气里的肩膀和脸庞，吸气时，身体内侧会有绷紧的感觉。时值夏天，但山里很寒冷。

"美肤、美肤，"母亲将水拍在脸上，对佳子说,"你也试试。"

佳子便也洗起了脸。手指在脸上轻抚着滑动,待水从指间滴落,又掬起一捧水。母亲抚摩着自己的手,又揉了揉自己的脚。佳子悄悄在心里呢喃"还没治好啊"。外面传来了虫鸣,佳子抬起头,想要倾听高墙对面那盛夏的暗夜。

佳子在休息处做起了习题集,忽然,父亲买来牛奶,放在了她面前。"欸,谢谢。"佳子抬头,看了看父亲。

"孩子爸,真懂啊。"母亲故意叫着"孩子爸"这个称呼,从他那里接过牛奶,然后竖起指甲撕下了瓶上的塑封条。原本面无表情的父亲笑得张开了嘴,在隔了一点距离的地方盘着腿坐下了。"什么啊?"他的一连串表现中,只有语调还是很不讨喜。

"那是作业?"父亲拧着自己的牛奶瓶盖问道。

"毕竟……"佳子还没来得及回答完,母亲就插起了话:"这种时候还在写,真辛苦啊!"

"是麻烦。"佳子一说，母亲又补充道："从刚才起，就一直对着这个问题愁眉苦脸呢。"说着，她喝下牛奶，"呼"地轻哼一下，还故意摆出了一副喝酒后的表情。

"给我看看。"父亲都这么说了，于是佳子用手撑着榻榻米，将习题集递给了他。

"你能写出解的方程吗？"

"先不用公式吗？那，应该能推算出来啦。"

"那就行。"父亲接着说，"然后，这里需要用加法定律来解。"

佳子低声念起"盛开的大波斯菊大波斯菊盛开了[1]"，对应着写出了方程，父亲便赞许道："没错，没错，很好。"

"爸爸，真亏你还记得这些呢！"

"什么什么，"母亲也吵着想加入对话，"你们

---

[1] 日本学生常用的记忆口诀，对应 $\sin(\alpha+\beta)=\sin\alpha \cdot \cos\beta+\cos\alpha \cdot \sin\beta$。

啊,一扯到学习,关系就突然变好。"

"算是吧。"佳子答道。

母亲的形容或许一点也没错。佳子与父亲与其说是父女,不如说是以"教与受教"这种师生般的关系为纽带联结的师生。至少佳子是如此认为的。父亲没有借助补习班,就将孩子们全部送入了私立中学。他对周围解释"是为了节约啦",佳子却为此扬扬得意。虽然只有佳子考入了第一志愿的学校,但不依靠外力、耐心辅导孩子直至被名校录取的父亲,是她心中的骄傲。鸡兔同笼题与液体浓度题全都用方程来解。至于英语,中学教科书上的对话通通熟背。一旦做错,就倒回去重做三道题。父亲的教育方式,与效率背道而驰。他说,只有百折不挠地反复练习,才能将知识内化成能力。临阵磨枪的学习方式,就算撑过一时,之后也什么都不会留下。休息方式也有所规定。一周里,必须留出一天,什么都不做。每学习一小时,就要用湿毛巾盖着眼睛躺四分钟,计时结束，又坐去书桌前。佳子像拜师一般听从着那些教诲。学习基本等于练功，是一种修行。

仅有一次，父亲将佳子和母亲一同拥入了怀中。那便是中考期间，去第一志愿的学校看录取榜的时候。父亲申请了平时几乎不碰的带薪假，特地来到现场。当时已经有人欢呼、有人哭泣了，父亲独自拨开人群走到了前方，接着泪眼蒙眬地回头说"有的"，母亲轻轻戳了一下他，埋怨说，怎么都不让人家佳子自己先看啊。父亲连说对不起，声音里满是压抑不住的欢喜。母亲将佳子往前推了推，紧接着，佳子找到了自己的考号。

身体被重重地拉近，甚至来不及回头，就被紧紧抱住了。父亲哭了。佳子有生以来，第一次目睹了父亲号啕大哭。意外的是，父亲的哭声如孩童般高亢，听起来比佳子本人还要百感交集。佳子和母亲也哭了。佳子踮着脚，虽然外面很冷，但被拥在怀里，感觉热热的。佳子扭动着身体朝向两人，似乎因着热意，晕乎乎地飘浮了。她反复说着谢谢,而父亲与母亲持续恸哭着,一句话都说不清了。

佳子想,就是从那时起,她由衷地认定了自己必须守护父母。哭着拥抱自己的父母,唤起了佳子在面对年幼的弟弟时、看着哥哥遭到不讲理的痛骂时,萌生过的那种感觉。在那以前,佳子一直以为拥抱是传递安心感的动作。可现实是,越被用力地拥住,越能感到对方的忐忑。佳子将紧拥中难以活动的手伸到了最外侧,然后回抱住父母,隔着厚厚的外套来回抚摩两人的背。外侧能感受到寒冷。寒风掠过了她的耳朵、脸颊以及手指。

在父亲的帮助下解完了那一页的最后一题,听母亲提醒"快要不冰了哦",佳子才喝下了牛奶。父亲正抬头看着休息处的电视,时不时会独自发笑。佳子感叹着"真好喝",他没有投来目光,只是点了点头。

"妈妈去小卖部看看哦。"母亲兴冲冲地站起了身。佳子答"小心哦",接着翻开了下一页。

学习告一段落后,佳子也去小卖部逛了一圈才回停车场,却见母亲蜷在车的一旁。她双手抱膝,正颤抖不已。"怎么了?"佳子问道,"怎么了?怎么了?"佳子轻抚起了母亲那深深向下埋的背部,只听见她说"好冷",便为她披上了自己的外套。

"喝醉了呗。"父亲一副懒得招架的样子。

听父亲解释说,母亲还是无法接受路上买到碎仙贝的事,想想又叫唤个不停。她一亢奋起来,还吵着要给商店打电话,被父亲阻止后,就一屁股坐在地上开始发抖,想吸引关注。佳子听完便问母亲:"是这样吗?"

"不是、不是的。"母亲摇起了头。

很显然,母亲喝酒了。她脸涨得通红,头也晃荡得比以往更显沉重了。是偷偷去小卖部买酒喝了吧。深山湖畔,静静地停着佳子家的车。

抬起车后门,将行李转移至驾驶座,放倒后座,就能制造出勉强供三个大人躺下的空间。佳子与父亲爬上车,在那里铺起了垫被和毛毯,然后从车窗内侧张贴银色的防窥罩。车旁,母亲仍在颤抖。

母亲撕扯着贴防窥罩用的纸胶带,往手背和胳膊上贴了好几条,整个人几乎蜷伏在地上。"那家药妆店……"双臂间传出母亲咬牙切齿的声音。父亲无言,撕了撕她身上的小胶带条,随后又无视哭着叫"好痛"的母亲,重新爬回车里贴防窥罩。父亲的想法是,越理醉鬼,醉鬼就会越放肆。他平日里也常说,如果确定她醉了,就直接无视吧。

"哎呀，刚才其实没那么痛吧。"佳子冲母亲笑了笑。"好痛、好痛。"母亲还是在哭，言语间夹杂着混乱的喘息。佳子于是收回笑意，回答她："知道啦。"

"好痛。"

"我帮你不痛地撕下来吧。还是你自己撕？"

"好痛、好痛。"

母亲进入了亢奋状态。她置身暗夜中，大吼了一句"给我道歉"，接着就想冲向父亲，可是被佳子拦住了，只好竭力扭动身体试图挣脱。就这样，她跌倒在碎石地面上。"佳子把我推倒了，"母亲流着泪，"为什么谁都不向我道歉呢？明明我都说了，好痛、好痛，为什么啊？是我不好吗？都是因为我不好吗？"

"啊啊，就是你不好，很不好。"父亲终于开了口。

母亲哭到让人困惑居然还能哭的程度。车停

在附近的司机骂骂咧咧地把车开走了，母亲抢走佳子的手机，给哥哥打电话。哥哥没有接。看着母亲将手机贴着脸庞，露出了似乞求又似祈祷的表情，佳子只觉得痛苦。母亲的攻击，会悄然转移给父亲、佳子、哥哥，甚至是刚才发出呵斥的司机。回忆起一切的开端，佳子只能不断开导自己：没办法，都是没办法的事。佳子想一笑置之，可身体却在颤抖。即使在母亲入睡后，诅咒般的话语已经停止，佳子蜷缩在毛毯里的身体也持续颤抖着，待身体终于松弛，就会变得无法动弹。

在身体无法动弹期间，只剩脑袋在转。起球的毛毯营造了黑暗，佳子看不见光，心想，母亲流泪都是酒的错，那么母亲又是为何喝酒？外面传来声响，有车驶过碎石路面离开了。

自那场病以来，母亲这个人仿佛消失去别处了。原本利落的语调逐渐融解，常常会陷入恐慌而呼吸困难。一旦受到刺激，她就会不堪灼热般地在地上滚来滚去，像孩童一样将身体折叠成小小一团，呜呜地呻吟。天亮后虽然会好转，可一到夜晚，又反反复复。佳子认为她的精神已经失常了。

母亲坦白，说自己无法笑了。在那之后，左半边脸始终是麻木的，自然也扬不起嘴角了。母亲试图露出笑容，无表情的左脸反而流下了泪。为此去了医院。医生说："是麻痹症状呢。记忆方面嘛，有顺行性遗忘与逆行性遗忘之分，所以你虽然有过去的记忆，但会很难。总之，会越来越难记住新的事情。不过，好好复健，会有所恢复的。"医生的嘴巴张张合合，却连瞥也没瞥一眼前来陪同的佳子与父亲，甚至身为患者的母亲。大脑的剖面图时而缩小，时而放大，左半部分始终是空白。就如麻痹始终持续。母亲说，她去喝酒、去工作，都是想混淆这种麻痹的感觉。

佳子想，她一定很痛苦吧。可同时她也认为，母亲的病不过是一个契机。孩子们学校的谈话增加、街坊老爷爷的健康状态、亲戚来往以及悲惨的新闻，母亲是会为这所有事情痛苦的人。她并非想表现温柔才变成这样，她会为自己痛苦，还会将想象范围内别人的痛苦也当成自己的痛苦一般来痛苦。所以她才会生病。自己的痛苦混杂在他人的痛苦里，病前与病后蓄积几十年的痛苦都糅合在一起，才会造成这样无法收拾的局面。此后，细微的事就会激起母亲的痛苦。佳子想，或许母亲自己都没想清，所以她口中的谴责，仅仅会对准最近有损于她的人，可让她痛苦的并非那些细微的事本身。在佳子眼中，母亲痛苦的形式，就像落入蚂蚁地狱[1]的蚂蚁——并不是新的痛苦接连冒了出来，而是爬行着想逃离，却又被细微的事推入其中。

最初，佳子也无法接受母亲失智一般大喊大叫的样子。在那段时间里，她总在想，那个严格

---

1 即蚁狮坑。蚁狮为捕食蚂蚁而挖掘的漏斗状陷阱，常见于沙地。蚂蚁一旦掉入，基本逃生无望。

又温柔的母亲究竟去哪儿了。每当发现母亲喝醉，佳子都会将她藏在灶台下方那些喝剩的烧酒瓶或是罐装碳酸酒丢掉。被哥哥询问是否好转一些时，母亲会忽然发飙，拿起菜刀说一直都麻痹着，哪儿来什么好转。甚至还会说"这就死给你看"或是"我要杀了你"之类的话。佳子一次次地祈愿，好想见到生病前、出问题前的母亲。只不过，母亲本人也在控诉着，"把曾经的我还给我"。母亲也想恢复。正因为如此，她才无法忍受拼命复健仍找不回知觉，也无法忍受孩子们的背弃，并因此感到怒不可遏。

佳子躺在车的一端，脖颈处氤氲着母亲的气息。在温热的车内，佳子一刻都没睡着，只一心盼着天亮。半夜时下了雨，耳听着雨声愈演愈烈，此刻却已归于沉寂。父母睡梦间微微泛湿的呼吸填满了周遭，令佳子更觉狭窄，连翻身都无法如愿。

佳子将鼻尖抵在窗户上，想嗅一嗅冷空气。

银色的防窥罩有些许脱落，望出去，仿佛是无尽的黑暗。透过防窥罩的空隙，她观察到周围正被浓厚的雾气所包围。

盯着车窗外看了许久，忽然，在深处找到了一点光。是某处的反射吗？抑或是月光？总之，佳子持续地注视起了那个光源。终于，她爬起身来，打算下车。

手臂被拉住了。昏暗间，母亲睁开了眼。

"去厕所。"佳子轻声说，"对不起，吵醒你了？"

母亲摇了摇头，接着更用力地拉了拉佳子的手臂。她的上半身因此倾向了母亲的脸。

"对不起啊。"母亲的嘴唇动了动，"今天，对不起啊。"借着外面的光，佳子能分辨出母亲的左脸仍没有表情，而她的右脸却皱巴巴地扭曲着，像是拼命要将情绪补全。母亲一只手紧抓着佳子的肩，另一只手在自己包里嘎吱嘎吱地翻动，接着像躲避父亲一般，蜷缩着身体打开了钱包。又是熟悉的五千日元纸币。她总会瞒着父亲塞钱给佳子，仿佛不通过这张纸币，就没有资格握住女儿的手一般。母亲紧紧握住了佳子的手，连带着五千日元纸币，再次呢喃起来："对不起啊。"她的气息微微发颤。

"不用，"佳子说，"不用啦。"

母亲摇头，还是反复道歉，并断断续续地说："不要……讨厌妈妈啊！"

"别担心。"佳子拍了拍母亲的肩膀，一边在心里说怎么可能讨厌你，一边想逃离缠绕在母亲身体上的热意，只能再次抚慰她，"别担心了啦。"

抓着那张纸币，佳子下了车。群山环绕着湖，山的深处传来虫鸣，越走近厕所，就听得越真切。一进入隔间，停在里面的苍蝇就飞过了耳畔。门怎么都锁不上，佳子只好用手撑着，草草上完了厕所。她望向高处的窗，看不见月亮，却也透着亮。马桶凉凉的，还以为正坐在湖边的石墩上。她下意识地想坐久一点。可必须得回去了。

佳子刚打算回到停车场角落那辆蓝色的车上，却发现后视镜上挂着一个陌生的黄色小熊钥匙扣。一瞬，她呆立在原地，不过很快意识到那是别人的车，不禁向后退了退。它和佳子家的旧车是同一款。过去，一家人常常睡在那辆车上旅行。明明现在这辆黄绿色的车已经用了很久，却还是一不小心就认错了。佳子重重地在碎石路面上迈开了步伐。她朝父母所在的车走去，脚却隐隐不听使唤。

好想回去，想回到那个时候。佳子想。

起床后，佳子的心情变得很平和。佳子坐在后座，在风中荡着赤裸的脚。光影在脚背上缓缓交替，等双脚完全没入自己的影子后再荡出去，让脚趾在清晨的阳光里尽情舒展。脚的轮廓呈现出明亮的血色。佳子荡着脚，碎石上，阴影随之流动。

隔着两辆车距离的前方，停着一辆小型车。有位中年男子张着腿坐在折叠椅上，正在设置炉灶。那宽厚的手先是嵌好了便携燃气罐，接着放上水壶，开了火。随后，他在橘色羽绒服胸前和左右两侧的口袋里翻找了一会儿,从左侧口袋里取出打火机点了烟。佳子本以为烟与燃气的味儿已经飘到跟前,但冷风先一步灌入鼻腔,麻痹了她的嗅觉。

佳子避开碎石缝隙间细长的杂草,将拖鞋甩向地面,然后脚一伸穿了进去,顺势站起了身。天晴了。沉沉的脑袋跟着一连串动作晃了晃,很舒服。她忽然想散散步,便绕着停车场转了转。自动贩卖机里的货品与佳子家附近的稍有不同,佳子买了麦茶,返回时父亲正试图用绳子捆起叠好的毛毯,忙乱间吩咐佳子"把那边的袋子拿来"。朝阳升起,不留情地暴露着他皮肤的粗糙。

"阿哥他们,说是先去丸沼高原。"佳子说着,将深绿色的尼龙袋递向父亲,又示意了一声,"给。"父亲接过,一边往里塞毛毯,一边答"这样啊"。

"不知道会不会在那边吃饭呢。"

"管他们。"

佳子轻轻踩着拖鞋下方那些硌人的小石子。湖面泛着雾,空气与水面的交界处白茫茫地糊成一片。她绕到车的前方,吸了口气,问:"要吃三明治吗?"一时间,她闻到了水的气味,其中还融入了草木涩涩的甜味。

"不用。"父亲答道。

母亲去洗手间还没回来。佳子从在公路休息站买来的三明治中挑出火腿,咀嚼着,又绕回了车尾。

"那就是男体山。"父亲扬了扬下巴示意。山体萦绕着雾,唯有山顶在阳光的映照下呈现着橙色。

"听说深处还有女峰山呢。"舌头碰到黄瓜薄片与芝士,凉凉的。

"没错,你是怎么知道的?"

"就是爸爸告诉我的吧。"

"哦哦,"父亲含糊地应了应,"那些,除了留给妈妈的,你可以都吃掉。"说着,他合上了车后门。

过了很久,母亲还是没回来,佳子去找,发现她居然蹲在洗手间一侧的墙边看猫。猫正静静地呼吸着。母亲悠悠地说"刚才还有另一只在呢",转头又朝猫"啧、啧"地咂嘴。母亲蹲得更深了,薄薄的开衫在碎石地面上轻轻拖动。她嘀咕着说"和LEO很像",接着音调一转,又向猫搭话:"过来呀。"微微烫卷的黑发在大风中凌乱着,拂在她毫无修饰的脸上,虽显露着疲劳,但表情很柔和。

狸花猫对伸来的手似乎有点兴趣,可佳子一绕到母亲的身后,它就飞蹿进草丛,消失不见了。

"真是只高傲的猫,很有品格呢。"

"猫还有品格啊。"佳子笑着说。

母亲听了,竟一脸认真地强调:"当然有。"

"这雄猫冷淡得很,就只亲近妈妈。若是察觉到有老头什么的小心地靠近,它立马就跑开了。它就这样消失了两次,每次都是妈妈呼唤它,又把它带过来的。"

父亲大声呼喊,准备出发了。为了守夜,下午六点前必须赶到片品。得知哥哥夫妇去了丸沼高原,母亲便表示自己也想坐缆车。

"悠闲过头了吧,"佳子说,"明明快要举行葬礼了。"

父亲却答:"无所谓吧。"又说,"那就趁早去高原,午饭在那边山顶的店里解决,还是能赶上的。"

沿山林向下行驶,太阳完全升起时,三人抵达了高原。山顶处设有浸浴足部的温泉,母亲强行拉上想独自在山脚等待的父亲一起去泡。他们正泡得舒服时,接到夏小姐的电话,说他们已经先一步下山了。母亲装作一脸欣喜,仿佛泡脚才是她来的目的。她将脚久久地浸在温泉里,泡得越来越红。

为什么哥哥要故意避开我们?母亲忍耐着发问的冲动,谁看了都很了然。为什么哥哥选择和夏小姐一起上路,而非自己的家人呢?为什么不愿意和我们见面呢?像父亲逃避着原生家庭那般,哥哥也逃避着我们的家。佳子想,真是病态的旅途啊。奶奶只身度过了晚年,直到死去,还是兜兜转转地将不安的阴影投向了母亲。

母亲在写着"天空足池"的招牌前举起手机,拍下了佳子和父亲。佳子记得很清楚,母亲这样拍过一家人的合照。现在的照片上,已经没有了哥哥和弟弟。

太阳冒出了头,照得后颈直发热。母亲将脚抽出温泉,感受冷风的吹拂。忽然,蜻蜓飞过,停在了她才擦拭过的脚上。母亲说着"啊啊,糟了",似乎想冲洗一下,又伸脚浸了浸水。

傍晚时，三人来到了片品村。途中，母亲说想像以前那样去买烤玉米吃，佳子便陪她下了一趟车。除此之外，几乎没绕什么道就开到了。车内弥漫着酱香，佳子打开车窗，发现傍晚的风非常凉爽。于是父亲也打开了前方的车窗。

早已抵达的弟弟走来玄关迎接，面无表情地向一行人打招呼："来了啊，感谢感谢。"刚一说完，他就忍不住腼腆地笑了。听说奶奶的遗体已经被转移到了殡仪馆，走至起居室，原本铺着被褥的地板空了出来，看着格外宽敞。沙发与木桌也移到了边缘，只见外婆像回家了一样，在那边享受着片刻闲适。

"吓我一跳。才几个月不见，长高这么多。"母亲摆放着从包里拿出来的零食和茶包，手微微停顿，看向了弟弟。

"毕竟这孩子吃得很少呢。我每天都会督促他尽量吃。皮肤也晒黑了哟，对吧？"

"没变吧。"弟弟躺在沙发上玩手机，脸果然黑了不少。母亲和外婆不由得发出了默契的笑声。时钟的秒针嘀嗒嘀嗒地走着。因为一楼的卫生间坏了，佳子随父亲一起上了二楼。每迈一步，台阶都嘎吱作响。佳子站在卫生间的镜子前，父亲独自去了儿童房，说是想看看情况。洗脸台是白色陶瓷质地，排水栓周围有些开裂，渗着脏脏的土黄色。窗户敞着，庭院的树长得茁壮，叶子几乎挨到了窗。风起时，依偎着枝叶的淡黄色阳光也晃晃荡荡，将卫生间照得亮堂堂。佳子洗了手，用干到发硬的毛巾擦了擦，然后伸着指尖理了理头发。楼下门铃响起，佳子听见采购归来的二姑夫妇好像在说些什么。随后，母亲大声地回复父亲的姐姐和姐夫"是刚刚才到的呢"。

佳子回到昏暗的走廊，为了找父亲，一直走到了尽头的房间。那里有一扇更大的窗户，天空渺渺，还能看见群山间蜿蜒的道路、河川与桥梁。佳子正想走去阳台看看，却留意到了一张习字纸。

"贺正"[1]。

纸被钉在黄色墙壁上，写着这样两个字。房间里十分杂乱，字位于角落的书桌上方，黑色笔迹又粗又实，仿佛仍散发着墨香。看了看日期，似乎是在今年元旦日写下的。正下方还标注了奶奶的名字。大概是奶奶带回了待在养老中心时写的作品吧。

跨入今年时，奶奶还活着。佳子第一次想到

---

[1] 意为谨贺新年。

这个。那是自然的吧，毕竟奶奶昨天才去世。可佳子似乎一直忽视了这一点，实在令她惶恐。虽说需要抓着扶手，但奶奶当时还是能上二楼的。这样的她，孤身一人在这个家里死去了。

父亲的呼唤声传来，佳子这才恍过神。直觉告诉她，不该让父亲看见这个。佳子慌张地走出房间，叫道："我在这边。"

"还是老样子。"父亲怀念地感慨起来。他怀抱着笔记本，朝一楼走去。他告诉佳子，以前和大伯住同一个房间，他习惯收拾得很整洁，但大伯的区域总乱扔着漫画。窗外，树叶飒飒攒动着，似乎会从背后侵袭而来，佳子不禁追上了父亲。

二姑夫妇与佳子一家分乘两辆车前往殡仪馆。身着丧服的大伯前来迎接，将一行人领至殡仪馆深处的一个白色房间。哥哥夫妇早已守候在此。

"歇了会儿脚吧。"大伯朝父亲微微眯起了眼睛。他稍微消瘦了一些，显得夹克衫空荡荡的，但身姿挺拔，即使衣服不合身，也给人留下潇洒的印象。

"算是吧。"父亲脸上浮现出弟弟之前那种腼腆的笑容，转头便催促佳子他们入座。奶奶生了四个孩子，佳子有一个大伯、两个姑姑，最年长的尚子大姑没有来。听大伯说，她最近在住院。因为尚子很年轻就离开了家，详细状况连大伯也不太了解。母亲将攥在手中的念珠分给了佳子与弟弟。佳子瞥到，母亲将准备给哥哥的念珠塞回了绉绸制的收纳袋里。哥哥自带了黑色的念珠。佳子的念珠因为是小时候买的，选了浅粉色，所以与这种场合有些格格不入。

路灯逐渐亮起时，大家开始念经。天气又恶劣了起来。佳子脑海里自然浮现了路过的黑色墓碑群以及新开垦的深土色田地。

亲属们聚集在这狭窄的房间里。大伯一家与他的孙子、二姑夫妇与独生子、外公外婆，佳子能对上脸的就只有这几位，对其他人只有模糊的印象。烧香时，弟弟比佳子先站了起来。在葬礼上，来宾都有亲疏之分，大家纷纷遵循着某个顺序，履行着自己的环节。丧主是身为长子的大伯，因此长子一家先于身为次女的二姑完成烧香。原本在长子之后，应该轮到次子，但父亲毕竟是最小的孩子，顾虑着姐姐的处境，将自己排在了最后。

听着大伯的悼词，佳子摆弄着手里的念珠。对于奶奶，佳子几乎算是一无所知。她能联想到的，只有如大伯温情描述为"为人沉静，但随心所欲"那般的模样，这与父亲和母亲所形容的奶奶有些不同。

奶奶有着奔放的一面。也正是因此，她曾在年轻时导致爷爷自杀未遂。她对育儿之事毫不关心，对作为小儿子的父亲更是撒手不管。代替不愿细说的父亲，母亲曾好几次对佳子述说那段艰难的时光。即使在自杀风波过后，眼看着爷爷的精神状态走向毁灭，奶奶仍然滥玩无度，直到爷爷早逝，她才终于开始归家。那时父亲还是高年级的小学生，尚子却已经离家了。奶奶疼爱着站在自己这边的大伯与二姑，而尚子与父亲怎么都无法原谅她。母亲说，爷爷的早逝，都是奶奶的错。

佳子不知道那些话有几分真实，是否存在夸张。说到底，母亲之所以谴责奶奶，并非因为发自内心地讨厌着作为婆婆的这个人。佳子领悟到，母亲的本意不是谴责奶奶，而是想让佳子体谅父亲，因此佳子并不至于讨厌奶奶。或许是因为奶奶曾将佳子抱在膝盖上，一边为她梳头，一边说"你会变得很聪明伶俐，你的灵魂和我很相似"。母亲哀叹父亲的遭遇，就像喊着"鬼在外"[1]，朝看不见的东西扔豆子一般。在节分日扔豆子，目的

---

1 日本节分日习俗，高喊着"鬼在外，福在内"，朝门外扔炒熟的豆子，寓意驱鬼去病、招福纳祥。节分日是日本传统节日，在立春日的前一日。

并不是痛击鬼,而是想摆出这个动作,让家里的人安心。中伤外人时,那些坏话是否正中恶处根本无所谓。此刻佳子明白了,母亲是想将奶奶塑造成恶人,以此劝说孩子们,从而保护父亲。

而父亲本人,总会在言语里夹杂拟声词来模糊自己的遭遇。这个习惯也传染给了佳子。之前面对心理顾问时,佳子一边描述"哎,在我家啊,只要一做那种事就会嘭呲嘭呲",一边模仿殴打姿势,她随即察觉到自己的行为很像父亲,顿时心情复杂。

哐当、嘭呲、嘤嘤呜呜。父亲如此形容爷爷在遭奶奶抛弃后,情绪激动之下对他动粗的样子——

奶奶不会回家了吧。因此,一旦发现没洗衣服、没刷碗、没收拾房间之类的情况,爷爷就会哐当一下踢向椅子,然后转头嘭呲嘭呲地揍过来。我们只能嘤嘤呜呜地哭。即便如此,我也无法责怪爷爷。我觉得错的只有奶奶。爷爷死后，大概是上初中的时候吧，有一次，我对奶奶的言行咻地上火，和她大吵了一架，跑出了家门。就像小时候被扔出家一样，在后山撒开了玩儿，越高的树越是柔韧，就越方便弹跳着穿行。我爬上树，看见了日落。待在山里时，天色一暗，就会很快发现对吧。蝮蛇出来了，森林也沙啦沙啦地喧哗起来，我想她会担心吧，于是决定回家。回到家，一片昏暗。啊咧。啊咧。怪了，没人在家，我又冲出家门，然后遇见了住在附近的阿姨。那个阿姨应该是某个同学的妈妈吧。她刚采购回来，拎着超市的袋子，跟我打起了招呼。你妈妈带着哥哥姐姐去川越吃鳗鱼饭了呀。欸，欸，啊咧。什么啊。那我是被丢下了啊。那种事情，谁都没告诉过我啊。我呆呆地想着，拒绝了阿姨的邀请。然后嘛，我用微波炉热了冷冻炒饭吃。没什么知觉呢，眼泪就哗啦哗啦往下掉。边吃边哭。吃完后看电视，因为附近就是公园，外面传来了小孩们的声音。太阳都下山了，他们哇哇呀呀叫着，好吵啊。突然想呕，一呕，炒饭的味道又冲了上来。当时，我就抱着马桶，哕哕直吐。

父亲不会用准确的语句去填补那些拟声词。越是深刻的话题，他就越会这样说。拟声词是空壳、是空洞。父亲回避着对应空洞的语句。或许是无法选择措辞吧。要想在空格里填入贴切的形容词，必须重返过去，再体验一遍。投身进入试图重现的景象中，再一次舔舐伤口，才能说出伴随痛楚的语句。拟声词总让佳子和家人们难以理解。佳子想，父亲应该是在无意识间逃避着再次体会伤痛吧。抑或是，他排斥着其中的煽情与悲惨，忍不住想轻视那些遭遇。他因此使用拟声词，故意以空格替代了痛楚。然而，不惜夹杂拟声词将内容模糊化，却仍有意诉说，或许是只身背负那些经历太过沉重吧。说与不说，都同样难熬。

佳子还是个小不点时，尚未树立对世事的观

念，曾经伴着父亲的话拍手欢笑。在她听来，那与母亲穿插在绘本阅读中的拟声词以及孩子们玩拍手游戏时嚷嚷的音调非常相似。父亲会用同样滑稽的语气，讲述自身的经历、世间的悲惨事件，以及小说、漫画的梗概。哐当。嘻哈哈哈哈哈。吧唧吧唧。咿啊咿啊。佳子讨厌小孩高亢的笑声，那会让她想起，自己曾像白痴一样对着父亲的故事发笑。她讨厌无知的自己。也因此，她喜欢上了学习。她不愿止步于那些掺杂着空洞的话，她想更深入地追溯父亲的那段人生。

无法继续指望这个家了，为了独自生存下去，父亲开始了学习。他是四个孩子中的老幺，没人付钱送他上私塾，他基本只能在图书馆学习。那里有真题书，又有习题集。父亲免费借来，抄写在笔记本上，再一个劲儿地解答。就这样，他考入了第一志愿的高中，又考入了第一志愿的大学。他独自去看录取榜，再独自回家。记得父亲曾喃喃自语："喜悦这种东西，若只是一个人消化，也很难受啊。"父亲被第一志愿的公司录用时,反而是当时正在与他交往的母亲哭了。

第二年,两人结婚了。

佳子幼年时,既没有孤独的后山探索,也从未回过空无一人的家。家里总会有其他人在。因此,就算听了父亲的话,她也只能凭借有限的想象去勾勒那份艰难。那究竟意味着什么?通过学习,说不定能触及得更真切。在小学生佳子的心里,对付此刻难倒自己的这道题,比起依靠讲解,通过自学掌握解答的力量,才更能理解父亲的厉害之处。只要够努力,难题就会变得像加减法一样简单。如此说着的父亲,看起来是那样可靠而耀眼。故意选择最辛苦的方式,忍受着,不断忍受着,最终得到凌驾其他人的力量,这是父亲的做法,亦是他的活法。这并不高效,也谈不上正确。只不过,为了尽可能地容纳被施加的苦痛,唯有汲取苦痛的力量猛冲这一个选项吧。管他正不正确,佳子都不想否定父亲在地狱找到的幸存之路。父亲评价佳子是三个孩子里"最适合这条路的人",学习方面备受关注的佳子,甚至愿意走上同样的路。之前她都做得不错。可是一年半前,她的身体出现了拒绝反应。佳子觉得,无法动弹的自己是背叛了父亲的存在。那时,佳子第一次理解了哥哥和弟弟为何会抗拒父亲的训练,也体会到父亲"忍受一切"这一信条中容纳了何等的残酷。"一切"真的意味着通通忍受。父亲常说"拼死坚持""拼死去做",原来真的是与死同行。佳子没能继续走那条路。父亲对偏离道路的人,实在过于苛刻。简直可以说是残忍。母亲将之形容为"暴风雨来临",但佳子知道,那种时候的父亲反而露出了沉静的目光。

最后是寿司宴。裕美堂姐的儿子说自己正在收集王冠,离座回收起了啤酒瓶盖。堂姐急忙叮嘱他"别乱跑哦"。佳子坐在布置成瀑布状的流水旁。她基本已经吃饱,正在用筷子戳散便当盒里剩下的鱼干。一旁的母亲见状,轻声问道:"你想吃哪个?"长期压箱底的丧服,散发着药草般洁净的气味。"海胆?""嗯。""金枪鱼呢?"佳子答"不要",母亲便夹进了自己的小盘子里。

"小佳要喝什么?"斜前方稍隔了一段距离的外公扯着嗓子问道。他已经喝红了脸。只见他倒了杯满满当当的橙汁,眼看就要溢出来了,弟弟赶紧啜了一口。"这个吗?这个?还是这个?"外公举了举绿茶和果汁,接着又顽皮地摆了摆酒瓶。

"这孩子才十七岁。"母亲无奈地应声,"真头疼。你别在这种场合喝这么多啊。"

"就是就是。"酒量很差的外婆已经面露醉意,跟着数落起了外公,"尽做这种出洋相的事。这些晚辈啊,可都是精英。女婿也是国立大学毕业的人才,在大公司上班呢。孩子们还都考了高中。亲戚们个个风风光光,这家人真是……欸,你说是吧。"

突然被点名的父亲,不好意思地浅笑着说:

"不不,太夸张了。"与岳父岳母说话时,父亲显得非常渺小,那是在家中从不会流露的姿态。

"看吧。脑子好使的人就是不同,不会显摆自己的学历。"

"不骄不躁,真棒!"外公也做起了鼓掌的动作。

"没有没有。"说着,父亲为岳父岳母斟满了酒,随后站起身来,在母亲耳边说了句"我,有事要找孝一他们说"。母亲点了点头。

"吃吧,还有鲑鱼子、金枪鱼腹。"外婆将碟子推了过来,桌布一下被挤皱,反将碟子撂翻了。酱油溅在了桌布上。

"喂喂,你这阿婆!"外公只在喝醉时会管外婆叫"阿婆"。母亲拿着她的手帕,收拾起了面前的残局。"阿婆,饶了我吧。"母亲学着外公那样叫,说罢还忍不住笑了笑。外婆缩了缩身体,看着母亲清理弄脏的桌面,嘟囔了句"对不起喽"。

"说起来,那会儿真是惊呆了,记得是结婚典礼之后吧。大家不是叫了寿司来吃吗?"

"啊啊,那次啊。"母亲露出苦笑,表示她也想起来了。她摊开沾了酱油的手帕,重新叠好。

"对吧,哎呀,这么说已过世的人真是抱歉。她说要吃金枪鱼大腹,眼看着只有三个,说夹就夹走了。明明还有三个小孩在场呢,真是惊到我了。"

"最后是小洸没吃吧。"

"不是,"弟弟反驳道,"谁都没吃成啊,太尴尬了。"

佳子感到餐桌下方有人拉了拉自己的裙边。撩起桌布一看,是裕美堂姐的儿子。"王冠?"佳子问道,他木着脸点了点头。孩子长着果冻般的眼睛。佳子有时会觉得很恐怖。

"王冠,有吗?"

"哦哦,有哦有哦。塑料瓶盖也要吗?"

男孩无言,只从外公手中挑走了王冠。外婆刚刚还和外公一起亲切地汇拢桌面上的王冠,瞥见男孩跑去了别桌,便压低声音说:"那绝对是故意的啦。"

"什么?"

"他刚才一直在桌子下面钻啊,故意的吧。大家的脚都露在那里。那孩子,早晚是个色狼。"

"都这样吧。"母亲说,"小洸不也是?别看长这么大了,以前可是动不动就摸登美枝的胸呢,幸好当时还是小孩。"

"那是懂的吧,懂才摸的。"

"登美枝倒是笑着,我直冒冷汗,不停地道歉呢。"

哥哥和登美枝二姑都坐在别桌,正和周围人谈笑风生。

佳子也清楚地记得那时的事。佳子早已习惯了母亲娘家谁年龄小谁先挑食物的风俗,见奶奶爽快地吃着自己喜欢的东西,觉得她就像一阵清风。不仅对寿司是如此。"我要番薯馅饼。""蟹爪给我。"总之,她会毫不犹豫地夹走想吃的。佳子很羡慕奶奶能吃到紫色薄膜纸包裹的番薯薄脆馅饼。不过，在食物方面，佳子一直都占着好。在那之后，外婆还特地将佳子叫到厨房，让她吃了奶奶剩下的金枪鱼大腹。可是好像没人记得了。大家都默认了弟弟的说法。佳子用舌头缓缓碾碎嘴里的海胆，最终也没能说出口。

身处忽暗忽明的灯下，会让人逐渐感觉眼前的情景游离于现实。暮色消逝在雾雨中。弟弟的屁股在眼前晃动着。佳子瘫坐着，凝望他那隔着打底衫也很显瘦削的屁股。

夜晚，佳子与父母、弟弟住在已过世奶奶的家里。父亲还要与大伯他们商量明天告别仪式的事项，先撤回了自己的房间。

又有什么发生了。可是一切结束后，不会有任何人厘清那究竟为何会发生。各方说辞永远存在分歧，而分歧带来的徒劳感，会令所有人沉默。至于是谁不好，是谁的错，在睡前的时间里，大家会各自记下不同的答案。等到哭着入睡时,各自的愤怒与悲伤会堆积在腹中,并在接下去的几年里持续发酵。明明生活在同一屋檐下,发酵的成品却大不相同,每次从腹中掏出一点"历史",都可能深深伤害到某人。都是我不好吗?到最后,大家都这样说。这些痛苦,都是我的臆想吗?那我一直以来在为什么痛苦啊?被他人截然不同的记忆入侵,就像往身体里输入相斥的血液那样痛苦。被害与加害错综复杂地对立着,酒精作用也来捣乱,彼此的认知间有着无法逾越的鸿沟。所谓家人,会像狐狸一样狡猾地记下伤害到自己的具体对白和事件,彼此逼问和责备,拼命保护自己的记忆不被他人混淆。想彻底保护自己的记忆,只能离开家了。家是裁判与神明都不予理睬的地方,第一个选择离开的是哥哥,第二个是弟弟。

"糟了,糟了。"弟弟四肢撑地,音调如哼唱般。他回过头,将卷在手上的湿报纸塞进了垃圾袋。佳子拿起清洗剂,喷向弟弟刚刚擦拭过的地方。酒被打翻了，流进地板缝隙里，正沿着线渗开。佳子用报纸包起了酒瓶的碎片。

"喊什么喊啊，放轻松啦。"原本在沙发上小憩的母亲，猛地朝天花板上的日光灯举起了手臂，看上去像嫌太阳刺眼而伸手遮挡的人。母亲顺便揍了揍空气，然后将手落回了脸上。她抬着上臂遮脸，狠狠地骂道"混蛋儿子、混蛋女儿"，整个上半身都跟着一挺一挺地抖动。听见弟弟发出轻笑，母亲便得意地放声大笑起来。她又重复了一遍，"混蛋儿子、混蛋女儿"。这次弟弟只是沉默地捆上了垃圾袋。弟弟的衬衫右领朝内翻折着，领尖刚好碰到了他脖子上那一大块红色胎记。佳子拍了拍并没有沾到什么尘土的膝盖，抱起了被酒打湿的衣物。

浴室的窗户开着。蒙蒙细雨飘了进来，但想着浴缸被淋也没什么问题，佳子径直爬上二楼，往洗脸池里注起了水。她将衣物泡入池中，倒了些洗衣液进去，接着回到起居室，倒掉了玻璃杯里剩的酒。佳子随口催了催弟弟去睡觉，先后压扁了啤酒和碳酸酒的罐子。还有一瓶没喝完的日本酒，佳子抓着瓶颈，催吐一般地晃着酒瓶倒干净了。然后，继续压扁金属制的酒罐。佳子将排水口的碎渣倒进空垃圾袋，正打算把母亲吃剩的零食放回包装袋时，耳旁忽然传来母亲软绵绵的声音："那个，你可以吃哦。"在日光灯下，她撒娇般的笑容，仿佛在请求原谅。"来一起吃嘛。"她的腿上挂着佳子嘱咐她换上的新裤子。"那吃吧！"佳子也开玩笑般地说着，抓起了两片独立包装的色拉味仙贝。佳子的屁股紧贴着母亲大大的屁股坐下，母亲便说"撒娇鬼"。佳子垂眼，看见双膝在地板上硌出了红色的印痕。母亲吃仙贝时，会先伸舌头舔表面的盐粒。似乎是鼻子堵住了，她艰难地吸了吸气，看着搞笑综艺笑了起来。

　　脱光衣服去洗澡。是错觉吗？映在镜子里的眼睑和唇周有点肿了。泡在浴缸里，佳子感受到了一种宁静，但绝非健全意义上的宁静。佳子想，为什么会这样呢？总是这样。当某件事发生时，即使她因此受到了伤害，一回过神，又已经妥协般地和解了。在佳子小时候看过的电视剧里，在激烈的争执过后，总会有某人离开、事件爆发或是外人介入的情节。倒过来以争执为契机，真心道歉、彼此理解的情节也不少。可现实却不同，至少在佳子的家里，什么都不会发生。有的只是问题被丢在一边，借着香蕉、仙贝、笑容与睡眠，继续一样的生活。

不，还有一次惊动了警察。佳子忽然想起。母亲喝醉后，吵得菜刀都刺进了木砧板。从外面都能听到动静，担忧的邻居便报了警。警察强行隔开了父母，接着单独叫来了孩子们。哥哥正好在外宿，没有回家。"对你动手了吗？"问完基本情况并做好笔录后，警察像聊天般确认了一句。父亲告诫过我们什么也别答，他说妈妈可能会被带走。佳子的脸都吓僵了，警察见状，又用安抚的语气补充说："哎呀，我们现在问了也不会做什么的。别担心,说实话就好了。""没。"佳子答道,"只是,普通吵架。我也有错。"争吵是事实,可一旦面对着警察,佳子就会忍不住觉得,事情也没那么严重。

"这种情况常常发生吗?"

"没有。"

不知道之后被带到外面的弟弟是怎么回答的。当时,如果诚实地回答了一切,是否会有什么改变?还是说,仍然会作为普遍的家庭纠纷处理呢?不知道。佳子唯一确定的是,即使有望依靠外部的力量,自己也不会主动站出来寻求保护。佳子同样是催化这个地狱的一员。因此,佳子不会独自脱身,摆出一副受害者的姿态。佳子好想说,我们每个人都很受伤。每个人都受了伤,已经无计可施了。如果要拯救,就请救所有人,救这所有的一切吧。如果非要把谁断定为加害者,如果非要把这种角色强加给某人,那么那不是什么拯救,根本就毫无意义。

那么，果然只能敷衍了事了啊。佳子的大脑忽然变得昏沉了。得洗头了。回响在耳边的谩骂与啼哭随之消散。佳子伸出手指缠绕住表面翘起的头发，用力拉扯。发丝深深陷入食指指腹，接着便绷断了。佳子单手拾起落发，顺着水冲走。佳子抬头看向天花板上有些发黑的日光灯。从窗缝间溜进来的风拂在了她的脸上。喉咙深处膨胀起热意。眼泪涌出。毫无感触地涌出。水渐渐变凉，身体的热意也渐渐冷却。

出浴室后，佳子发现妈妈已经在起居室睡着了。佳子正要回旁边的房间，就看见手机屏幕照亮了弟弟的脸。她轻声问："还没睡吗？""都是灰，这房间里。"说着，弟弟翻了个身。弟弟一直有哮喘的毛病。经他一说，佳子也感觉光着的脚确实有点痒痒的。

"要我拿药来吗？车上应该有。"

"不用不用。"弟弟爬起身来，擦了擦鼻子。

他疲惫地探着头，迷迷糊糊地环视了一下房间，看起来像一只野兽。回想起来，哥哥有时也会突然做出类似野兽的动作。哥哥的身高早已超过父亲，弟弟也到了要反超父亲身高的时候。

"妈就那样睡了吗？"弟弟朝还没关灯的起居室眯了眯眼。

"很让人头疼呢。"

"刚才姐姐也很过分。"

"为什么？"佳子看着弟弟走向起居室的背影，如此问道。接着，她听见了水流声。"哥哥说，他会离开，是因为我们家很不正常，都是我们的错。"厨房里，弟弟稍稍提高了音量。他接来两杯水，将其中一杯递向佳子："给。"

"妈妈总是喜欢追问为什么，动不动就责备阿哥。都是事实吧。"

"不好说吧。哥哥之前也很蛮横啊。天天在外面转悠，不管家里的事，也不在家里吃晚饭。姐姐也一样啊，说什么没食欲，不想一起吃饭，会吵架。倒掉饭菜时，妈妈有多伤心，哭得有多凶，我都是看着的。到头来，哥哥还一声招呼都不打就退学了。真厉害。先别说，我都知道，那段时间爸妈没少责问哥哥。"

"哪里只是责问。一起吃晚饭，没几秒就醉了，缠上来吵着说要去死、要去死，又咒他去死吧、去死吧，第二天却忘得干干净净，都这样了怎么待得下去。"

"可是，"弟弟笑了笑，"不是一直那样吗，我们家？"

"你不觉得过分吗？"

"过分，当然过分。大家都很过分。"

弟弟的话，就像在探讨是先有鸡还是先有蛋。细长的杯子里，一轮光圈在水面上轻轻荡漾。佳子出神地望着。那是起居室的灯光。弟弟在大多数情景中，都是冷静而正确的。此刻，他或许也说着正确的话。可是，佳子觉得似乎有什么要涌上喉咙，好多个夜晚闪过了脑海。她忍不住想，把那些事都归于无可奈何，是否有些太过分了。佳子的嘴唇贴上了杯沿。

后来，弟弟又谈起了国家。接着是政治、经济、艺术、教育。佳子实在搞不懂，父亲也是，哥哥也是，怎么这个家里的男人都喜欢这种话题。在佳子看来，那都是墙壁另一侧的事情。由中心圈层做出决定，再粉刷墙的内侧，外侧的人怎么都无法企及。有人得救，也有人不会得救，这是无法左右的。至少佳子怎么都不认为，自己的痛苦会因为国家或是时代的某个变化而出现转机。不对，说不定，某个制度是与自己的痛苦有所关联的，在遥远的未来，或许会有些许改善。可那样太迟。一切都太迟。人受伤的速度，是艺术或是政治那些东西都追不上的。"那些东西啊，"佳子说，"说到底，帮不了我们任何人，不是吗？不管国家怎么变，时代怎么变，只要依然身为人类，就不会有任何变化的。"

"是吗？"弟弟静静地说，"我觉得有意义。"

弟弟又继续说了起来。佳子正打算入睡时,弟弟的话题转移到了过去。佳子始终闭着眼睛。寂静之中,只有弟弟的声音在流淌。"我啊,现在已经完全无所谓了哟,备考那时的事,就是那次啊,你记得吗?"

"什么?"

"变声期那会儿,有次姐姐和我吵架,说我声音恶心。"

"有吗?"佳子答,"亏你还记得呢。"眼前堆放着高高的古书。看起来是老一代文豪的作品全集。皮封面的书被塑料绳捆在一起,像读过的报纸一样。不知道有多久没再被人翻起了。应该是爷爷的书吧。奶奶是不读书的人。

"超过分。"弟弟的语气跃动着,声音完全不显严肃,"你叫我别用那种声音说话,我回,只能发出这种声音,你竟然说我是故意的。我喉咙一下哽住,想不到该怎么做才好。就那样沉默了好一会儿。"

"真过分。"佳子脱口而出，简直像听他人发牢骚时随口附和那样，语气轻飘飘的。她动了动身体，看向了天花板。圆形的电灯里，亮着最暗一挡的夜灯。眼睛深处有些发痒，眨巴眨巴。那真是，过分。佳子又在心里说了一遍。最重要的是，得先道个歉。可是弟弟的语气太随意了，导致佳子的道歉听起来也很轻浮。

　　"我错了。对不起，对不起啦。"

　　"没事。"弟弟故作轻松地咳了咳。

　　"我还是去拿下药吧。"佳子起身，从母亲放在起居室椅子上的包里取出了车钥匙。

　　背脊刚离开床垫，不安就在上面游走了起来。弟弟的话反复在佳子脑海里回响，迟迟无法消化。佳子不懂，他为什么会那样说。那种程度的话，为什么会被他当作受伤的回忆。没能理解那份沉重的自己，令佳子毛骨悚然。对佳子来说，那不过是争吵中再普通不过的一句话。印象中弟弟并没有露出受伤的表情，还回击了几句。

这种片段很容易被大脑擅自一笔勾销。事实上，直到刚才为止，那句话在佳子的记忆中都没什么分量。

　　佳子又想起来，好像就是那个时期，弟弟有好一阵子都没开口说话。过后，虽然变声期已经结束，但情绪激动时，弟弟总会一顿一顿地说一下停一下。生气时，他总一副似笑非笑的表情。哪怕是向父母告状时，他都会边流泪边干巴巴地笑。

　　错过了理解他的时机。佳子这才意识到，刚才那番话，似乎是弟弟关于受伤回忆的自白。得知佳子并没有将那件事算作伤害他的回忆，弟弟会作何感想呢？痛苦的根源不是痛，也不是伴随而来的羞耻，而是对方不认为给予过伤害。因为知道那是痛，才能硬生生忍痛的。可那样的痛却被当作没发生过，人，怎能不因这种偏差而痛苦？弟弟已经知道，哭着痛斥毫无意义。或许正因如此，他才会选择只述说事实，提示佳子回想起来。

　　细雨飘在脸上，佳子用袖子擦了擦。风越来越大了。对面那家人盖在自行车上的银色布罩被风灌得鼓鼓的，一颤一颤地发出声响，落在地面上的影子也随之变化。白色的树枝伸出了栅栏。佳子打开车前座的门，趴在副驾驶座上伸手拿药箱。没够着，她只好坐进车里，先关上了车门。风声戛然而止。连帽衫的下摆被车门卡住了，佳子猛地拉扯，一不留神向后方跌倒了。透过车窗倒着看的天空，像漆黑的空洞。佳子不好意思地笑了，接着茫然地张开了嘴。下巴和脖颈都开始疼痛，她想试试将嘴巴张开到极限。忽然，心头浮现了弟弟小时候嘟嘟脸的模样。

　　那个他，比变声期的他还要遥远。那时的弟弟，是做任何事都沉着而安静的孩子，但生气时，会满脸通红地咬上来。佳子升上二年级时，弟弟进入了同一所小学。那天轮到佳子分发餐食，结束后，她走在返回教室的路上。手心在抬餐具架时被提手硌出了红色的印痕，佳子重复地将手摊开、握紧，穿过了体育馆的入口。原本再上一段坡，就到二年级的教室了，但出于好奇，佳子朝反方向下了坡，想隔着窗户偷看一下弟弟的教室。明明是休息时间，弟弟却独自面朝讲台坐着，透亮的眼睛里读不出任何情绪。佳子犹豫着该不该叫他，最终还是没叫。他好像没注意到这边，佳子想，如果是自己，也不会希望在这种瞬间听见家人的叫唤。过了一会儿，弟弟慢悠悠地站了起来，打开摆在课桌上的黑书包，随后将头都埋了进去，翻找起了什么，看起来就像在挖洞一样。那种硬皮双背带书包对一年级学生来说似乎太大了，每翻动一下，弟弟那小小的身体都会跟着趔趄。佳子只是呆立着，对于他在找什么，完全没头绪。佳子不太能想起当时自己在想什么了。在那之后，佳子被某个现在已经记不清长相的同学叫去了运动场。她爬上攀爬架，坐在最高处，俯瞰起了运动场和校园。阳光照射着她的发旋，非常温暖。抬头看向天空时,一片云也没有。闭上眼时,眼睑内侧都盈满了光。她一时失去平衡,身体摇晃起来,接着,金属栏杆的温热传进了麻麻的手心里。

佳子大张着嘴深深呼吸了两次,重新关好车门。她打开药箱,里面有创可贴、消毒液、葛根汤、麻黄汤、胃肠药、头痛药、木糖醇口香糖,以及……似乎是感冒药。或许是正好用完了,她找不到缓解哮喘的吸入剂。不过,佳子看到了妥洛特罗贴剂,那是一种宽约两厘米的贴片式药剂,含有帮助支气管扩张的成分。曾经,在哮喘很严重的时期,弟弟常常会在胸口正中间贴这个。佳子还记得,弟弟先泡澡时,等她进浴室,总能看见正方形的药贴漂浮在水面上,大概是泡澡前忘了撕吧。药箱里装着的是儿童款,不知道对已是高中生的弟弟会不会有效。经过那次变声期,弟弟长高了,脸颊上的肉也瘦没了。他开始说讽刺的话,还学会了干巴巴的笑法。与时不时浮现在佳子记忆中那个教室里的弟弟完全不同了。佳子拿走所有的贴剂下了车。再怎么对现在的弟弟道歉，都无法让那个长着透亮眼睛的圆脸弟弟听见那些话了。

是不可逆的。佳子想。头发渐渐被雨淋湿。朝着车，佳子摁下了锁门键。伴随着提示音，两个前照灯像眼睛一样在雨雾里闪了闪，又暗了下去。

潜藏在民宅底部的影子越拉越长。后方的田地里，土黑得像濡湿了一般。在那里发现了从未见过的农作物，裕美堂姐从身后走来，告诉佳子是蒟蒻。

"仔细想想，蒟蒻畑[1]的广告真的很奇怪呢。"

---

1 日本MannanLife旗下的一款招牌商品，主打水果味的低卡蒟蒻冻。畑为日本汉字，意为旱地，蒟蒻畑意为蒟蒻田。

裕美循着佳子的视线望向田地，茶色头发因为湿气显得乱蓬蓬的，披在她身着丧服的肩膀上。

"什么广告？"

听佳子这么问，裕美夸张地睁圆了眼睛。

"你不知道吗？在蒟蒻畑里摘——到——了水果，"她哼了哼曲调，又笑着说，"怎么可能摘到。人家只结魔芋。"

谈话间裕美的衣袖被扯了扯，"星星"男孩给她看了看在地上捡的石头："星星石头。"

"星星石头？很漂亮呢。"佳子这么一说，男孩似乎满意了，打算将石头放进口袋。裕美见状，对他说"不准带回家哦"。她握住男孩另一只手，蹲下了身。

"这种地方的石头要丢掉。"

告别仪式在上午举行了。父亲抿着嘴，都没凑近看棺材里那个人的脸一眼。只见父亲驼着背，站在"老幺"的位置上，不远处的佳子实在不忍看下去，便轻轻推了他一把。"再上前一点。"佳子低语。父亲点点头,朝棺材走近了。父亲的背影在颤抖,不知道是不是在哭。

一辆小型车驶过数不清的小石子开了过来,裕美的丈夫将头探出了车窗。趁父母在说话,男孩将丢掉一次的石头又悄悄捡了回来。佳子沉默地在一旁看着。他似乎也意识到了佳子正在看。

"是要去便利店吧?"裕美浑然不觉地继续说道,"小佳也坐我们的车吧。"

"不用,我和阿哥一起去。"

"好吧。"裕美拂开肩上的头发,催促着儿子上车,然后自己也坐了进去。

佳子和哥哥说好了要一起去一家隔着几公里的便利店。对鸡蛋过敏的佳子,没注意到火葬时分发的便当盒上标示了鸡蛋,不小心吃了一点,就开始跑厕所。于是,哥哥说待会儿带她去便利店买些吃的。

耳旁传来低沉的吠声。佳子这才注意到,隔壁人家养了只橘毛狗。狗狗的鼻子在窗玻璃上磨蹭着。窗上残留着水沟般的鼻水痕迹。可以想象，每当那家人出门或是外面出现什么让它好奇的东西，狗狗就会跑来窗边兴奋地蹭鼻子。外公外婆家以前养的日本犬梅子也是这样。狗狗一会儿对猫叫，一会儿观察路上的车，一会儿又朝人摇尾巴。每一次，它都会被那堵玻璃墙阻拦。佳子觉得，那些鼻水痕迹比泪水还要恳切百倍，不由得转过了身。哥哥走来，询问她是否还有呕吐感。早早脱下丧服的哥哥换了一件卡其色夹克衫，佳子抬头看着他，说："现在只感到饿了。"

"真抱歉。"佳子说。

"不用。"说着，哥哥回头看了看，"待在那里也只会郁闷吧。"

亲戚们站在一起谈笑，仿佛要将通向停车场的路堵住一般。哥哥转过身，将手插进了夹克口袋。佳子含糊地应了应，顺势踩上了路牙子。即使踩在路牙子上，还是哥哥更高。佳子暗自琢磨，弟弟是不是已经比哥哥还高了。昨晚弟弟说哥哥也很蛮横的话语仍然回荡在耳边。

佳子的家,有过将父亲奉为"绝对"的时代。不过,那完全不是强制要求其他家人服从于他的含义,而是当家中发生纠纷时,由父亲负责裁决哪一方对、哪一方错,抑或是都需要受罚。佳子与家人们在很长一段时间里,都顺从着这条规则,因此道歉、受罚、得到偏袒。

随后,哥哥的时代到来了。毕竟在父亲辅导三个孩子学习时,唯一敢顶撞他的人就是哥哥。幼年时,起居室的墙上挂着一幅巨大的日本地图,高度接近一个成年人的身高。上面用平假名写了都道府县的名称以及县政府所在地,还画着各种土特产的图案。鲣鱼跃于高知的海域之上,鸡立于宫崎,旁边标着"Broiler"。一家人在地图上写了一大堆河川、山脉以及世界遗产的名字。哥哥却撕掉了那张地图。佳子想不起来他为何做出那种事,只记得自己哭了,气得像着火了一样。

佳子恐怕是最爱"父亲时代"的人吧。那些磨炼的日子，似乎只给哥哥、弟弟留下了苦闷，可至少对佳子而言，称得上人生最幸福的时光。他们所说的玩乐时间安排得很少、不够专注就会挨打等，的确都是事实，但佳子并没有那么耿耿于怀。之所以会这么想，并不是因为佳子拥有什么免受打骂的特殊待遇。她和哥哥、弟弟一样，只要偷懒就会被凶、被揪着头发揍。可是，比起那些遭遇，佳子会更鲜明地回忆起其他的场景。

周末是从早上九点开始学习，结束后吃午餐。到下午一两点时，父亲又会将孩子们召集起来。下午三点，设定了零食时间。通常会吃薯片。当学习告一段落时，父亲会从橱柜里拿出从超市买来的海苔盐味薯片，然后摊开一张纸巾，在上面零散地铺上好几片，再一起猜拳。规则是按从赢到输的顺序，一人挑一片吃。并不一定是大片的会被先选走。大片的、表面微焦看起来特别香的、沾了很多海苔的都是人气选择。玩到最后，就只剩一些直径仅几毫米的小片，我们就用指腹沾起那些碎碎吃。母亲看着那种场景发笑，直叫父亲"小气鬼"。

父亲常常会把代入的数字以及现代文、英语里的接续词叫作"这个人"。算是他的口头禅。"这个人被咻地代入这里，接着这个人会怎么样呢？""变成2。""错了。再说一遍哦。是这个、这个人咻地到了这里。咻地哦，代入进去了。会怎么样呢？""消失。"父亲辅导时很有耐心，每次发出拟声词都会露出憋笑的表情，让佳子觉得很有趣，也模仿着他"咻咻"地叫。学着学着，心生烦躁的哥哥会摆弄用来打草稿的传单，父亲一见，脸色便沉下来，可当时的佳子只觉得哥哥是自作自受。即使目睹哥哥被痛骂、弟弟被赶出家门，她也不会产生袒护他们的念头。

然而，随着父亲的身高被哥哥超过，时代也变了。父亲不再对哥哥动手了。哥哥开始从父亲手下保护家人，母亲与佳子也因此渐渐听从起了哥哥的话。当遭到不讲理的对待时，佳子就会寻求哥哥的一句"你没错"。"刚才是爸爸的错吧，动手打人就是有毛病。"母亲与佳子的盲信转向了哥哥。可是，哥哥抛弃了这个家。在某一天，说走就走了。佳子不禁想象，如果弟弟还在家，接下来应该会是弟弟的时代吧。让家人和自己站在一边，父亲凭借的是一点就着的暴脾气，哥哥凭借的则是冷静而淡漠的态度。时至今日，母亲与佳子有时也会依赖笑声总是干巴巴的弟弟。

至少，佳子不认为自己的时代会到来。因为佳子不像他们那样，拥有着清晰的自我轮廓。佳子无法在选择时贯彻信我所信、除我所疑的信条。不知不觉中，一切已经渗透进身体。听着"你做错了""是你不对""你的生存方式很丑陋"这类话，一边哭着否认"不是的、不是的"，一边任由对方的话语渗入肌肤，并无法抑制地开始认为事实就是如此。大脑还来不及理解，肌肤就擅自吸收了所有的话语与力度。由于大脑不曾理解什么，无论自己做出多么荒唐的事情，也只会在听见无法融入肌肤的话时感到不适，无法进行正确的自省。

每天早上，是的，每天早上都会失控。哥哥一走了之，再无人与父亲对抗。一到早上，无法动弹的身体不得不瘫在房间里，被吼着催起床时，佳子只能像猴子一样抓紧被子。佳子叫喊着："医生说了我抑郁了！我下午会去学校的所以拜托别管我了。"头发被一把揪起，毛孔的疼痛瞬间剥夺了佳子的所有意识。咒骂连连扎入佳子的胸口。"心理问题、心理问题、心理问题。现在的年轻人真是个个都爱这样说，医生也随随便便就下诊断。想死？都怪父母？要退学？真丑陋啊！你活得真丑陋。想死才是人的常态吧。谁不是活在痛苦里，从早到晚拼命地、濒死般地驱动着身体啊？大家都是动不动就会想死的啊。每个人都在煎熬啊。而你就因为妈妈稍微生了点病，竟敢摆出这副样子。小屁孩吗？你以为自己还是小屁孩？真那么痛苦的话，立刻给我消失吧。想死就赶紧去死吧，混蛋。你这个混蛋女儿，别让我看见你，我根本不想承认你是我的女儿啊,太丢人了。"父亲歇斯底里地吼了一句又一句。

让父母掏着高昂的学费,自己却一事无成地在这里偷懒,这不可否认的事实切切实实地侵蚀了佳子。好想动起来。想去上学。可是身体却不肯动。每天,太阳升起,佳子在想"动不了的东西就是动不了";太阳落下,佳子又想"太抱歉了,只能去死了"。

"我啊,我可是,一直以来都是,带着想死的念头活到了现在的。我一边吐血,一边去公司。赚来的钱,把你送进学校,让你悠悠哉哉地活着。事到如今,你竟然说去不了了?你是要否认我至今所做的一切吗?这到底算什么啊?把我的人生,还给我啊。喂,请还给我,请——还——给——我。我让你都还给我啊!拜托了,还给我啊!你这家伙,真是太残忍、太过分了吧,我的钱、我的人生,都被你糟蹋了。你是故意想害我这样的吧?你就是为了找我碴儿,才不肯去学校的吧?都怪你,一切都乱套了,你要怎么赔我啊,拜托你赔我啊。作为人,你不觉得羞耻吗?喂!"

"对不起,真的对不起,我会退学,不会再让你继续出学费了。"佳子大叫起来。

父亲又答:"真是说得轻巧啊,真是……

"我每天每天每天吐血工作赚来的钱,居然被这样对待,你这家伙,你这……"

"别说了。"佳子听见自己的惨叫。头撞在墙上很痛。头发被拉扯着很痛。肚子被踢得很痛。呕吐时喉咙也很痛。早上起床很痛苦。没睡觉就去上课很痛苦。变成废人很痛苦。每天都是如此。夜以继日,反反复复。在深夜,"啊啊"地失声叫了起来。啊啊、啊啊,身体摇晃着,仿佛不再是自己的。做人太痛苦了。做人似乎已经是件不被允许的事了。紧接着,双眼被刺穿的想象占据了脑海。竹签穿过了眼睛。无论是在挤电车、在听课,还是在保健室里休息,眼睛始终被竹签穿着,无法拔出，脑浆也被搅动着。佳子成了沙丁鱼串[1]。沙丁鱼串不用学习。沙丁鱼串不用去学校。只需要待在房间里变成鱼干就好。想象，多少让佳子得救了。上学时，她有时是番茄，有时是肉，有时是沙丁鱼串。既然是番茄，被揍了自然会汁液飞溅，那就毫无顾虑地哭吧。既然是肉，变成肉末是常有的事，会被捶打也没办法。佳子感到疼痛时，常常觉得自己变成了物体。物体是不会思考的。成为物体后，免去思考，疼痛也能稍稍缓和。等到求医时，佳子已经不知道究竟在痛苦什么了。最开始她还会试着勉强说明，渐渐地，越来越无法应对。不管怎么说，都仅仅是没完没了地在痛苦的边缘上行走，完全没有接近真相。只有无法动弹的身体，久久地烦扰着佳子。于心不忍的母亲开始开车接送佳子，她就这样一点一点、

---

[1] 沙丁鱼串通常是用竹签扎入鱼眼做成的。

一丁点一丁点地变得能去学校了,可直到现在,无法动弹的瞬间仍会时不时降临。

目送着一辆车驶过后,哥哥小跑着穿过了马路。他朝正想跑动起来的佳子摆了摆手掌,稍迟一会儿,又提醒她"等等"。等待着小卡车经过时,佳子看向了对面伫立于山前的哥哥。

没见过那件夹克衫。没见过那样的发型。佳子第一次体会到了母亲的寂寞。

过马路后,佳子追上再次迈开了步子的哥哥,问道:"夏小姐没关系吗?"

"应该没事吧。"哥哥头也没回地应着,"妈看起来也很想和她多聊聊。"

"明天不用工作吗?"

"我倒是休息,不过小夏得早起,陪你买完东西我们就回家了。"

夏小姐会有哭的时候吗?虽然没见过,却能轻易想象出画面。哥哥会像过去保护家人那样安抚夏小姐吗？不知为何，浮现在脑海里的不是流着泪的夏小姐，而是哥哥覆盖在她身上来回抽动的样子。佳子只在电影里看过那种行为。因此严格来说，她并不确定画面中的后背是不是哥哥的。

"哥哥你啊，为什么……"为什么和夏小姐一起生活？为什么离开了家？佳子迟疑着，不知该怎么发问。

"为什么会烦我们家？"

"为什么不呢？就是很烦啊。"哥哥答道，"我倒是想问你，在那个家里怎么过得下去？脑子不会出问题吗？"

"会啊。"佳子答。

"我不会回去的。"哥哥决绝地说，"或许你不理解，但我确定，自己不会回那个家。"

沿山行走。途中遇见了一条分岔的道路，一看是通向民宿的。玉米田的对面立着某民宿的招牌，上面用方言写着大意为欢迎的话。

走着走着，经过了一家蔬果店。里面没有人。

木屋檐的下方装着一只裸灯泡。朝店里窥探，是一个铺满了坐垫的榻榻米房间，矮桌上放着热水壶。店门口的纸箱里，堆叠着形状像女生裸足的萝卜。

"我也吃点什么吧。"哥哥低头扫视了一眼。配送的便当总让人感觉吃了像没吃一样。随后，两人进入了便利店。哥哥拿起一份汉堡肉盖饭，一脸若有所思。

"那个，要放进来吗？"

"嗯。"

橘色购物篮里放着佳子的煎鸡排便当，哥哥先后往里面放了汉堡肉盖饭和果冻爽，接着像想起什么一般，大步迈向了店的深处。哥哥拿了瓶可乐，又问佳子："有什么想喝的吗？"

"可乐。"篮子里又多了瓶一样的可乐。

在餐饮区吃完便当，走出店时，太阳已经隐隐西斜。停车场上浸染着浅橘色的阳光。稍走一会儿，遇到了一条曾经走过的路。之前只在冬天来过这附近,因此来时并没有注意到。回程变成了上坡路。每走一步佳子都忍不住喘,胸口渗满了汗。山看着岿然不动,却冗杂地释放着光与声响。鸟类悠长的鸣叫、身后草荫处小昆虫的扑翅声、似有若无的蝉声,高高低低地错落交织,驻足一刻,整座山仿佛在静谧地沸腾。

佳子以目光追寻着群山的轮廓。突遇山谷,望向谷底时恐惧顿生。虽然肉眼无法确认,但能感受到最深处流淌着河水。

哥哥郁闷地伸手拨开了与他差不多高的芒草。前方的路蜿蜒盘旋,最深的一个弯道处,能看见排列着的墓碑。佳子想起爷爷的墓就在那里,便说想去祭拜。哥哥的脸僵了一瞬,然后他才说:"啊啊,那我先联系他们一下。"

两人没有从正门进入。他们踏着土坡,从一侧抄入石阶,然后穿过了树枝缠绕而成的拱门。这是给爷爷扫墓时常走的近路。一旁排列了戴着红色围兜的地藏菩萨,是水子供奉[1]。哥哥和佳子双手合十。这也是每次都会做的。佳子偷偷瞄了瞄闭着眼的哥哥。在哥哥与佳子之间,有一个流产了的孩子。如果生下来,那会是个女孩。哥哥会这样默哀,不知道是不是为了那孩子。

"那都怪姐姐生下来,那孩子才会死掉啊。"记得弟弟年幼时曾说过这种玩笑话。母亲一听,急忙反驳他"才不是呢"。

在无人贩卖所投入一百日元硬币买了线香,然后拿起一旁可供出借的点火枪走向了墓地。佳子本想再带上柄勺和木桶,但被哥哥阻止了:"今天就不用了吧。"

佳子蹲下身,合上手,像是突然进入黑暗一般,眼睑内侧陷入了一片漆黑。佳子察觉到风吹

---

[1] "水子"即像水那样流走的孩子,指因流产、堕胎或是难产等原因没能存活下来的胎儿。水子供奉意在祈愿水子早日超度。

得更剧烈了。风摇撼着山体所承载着的黑暗，不一会儿，就酝酿出了雨。被打湿的线香，似乎怎么都点不着了。佳子抹了把脸，看向哥哥。哥哥用衬衫袖口擦了擦原本在玩的手机，然后略显苦恼地抬头望向了灰蒙蒙的天空。佳子再次咔嚓咔嚓地按起了点火枪，哥哥注意到声响，便说："给我吧。"

哥哥没再管佳子急急躁躁想要点燃的那一头，而是尝试在另一头点起了火。只见它微微燃起来。转瞬又熄灭了。就这样，有几支香徒留焦黑的尖尖，但也有几支香升起了细烟。佳子轻声欢呼了一下，道谢后，放下线香，轻轻合了合手便站起了身。

返回时，再次路过用于供奉水子的地藏菩萨。围兜被雨滴打湿，红得更浓郁了。

"如果……实在那个的话，"哥哥踌躇了一下才继续说，"你不如离开家，那两个人又不是小孩。"

"工作后再说吧。现在走会伤害到他们,我不想。"

"你这就是还没自立啊。"哥哥贸然做出了评价。此刻,佳子还没意识到刚才的话触到了突然离家之人的神经。佳子嘀咕着"自立……",怒气一下涌了上来。

"哥哥你就自立了吗?"雨水打在下唇上,佳子反问道,"假如夏小姐渐渐崩溃,她很受伤,不知所措地哭喊大叫,还遭到了不讲理的对待,你会立刻离开她吗?"

哥哥沉默了。他露出了不悦的表情。明明想着不能再说了,佳子却停不下来。她只能尽量避免自己流露出指责的语气。

"阿哥或许认为,我是把那两人视作父母,才无法离开,可不是那样的。"

非要说的话,她与他们共处,更偏向对待孩子的心情。这并非出于理性,而是因为自己的生命在乞求着说,不能推开他们不管。

"真是的，为什么会变成这样啊？"

像是退让一般，哥哥小声嘟囔了一句。那不是询问的口吻，佳子感受到了他的放弃，便也不再回答。

人之所以会倾注爱给他人，是因为曾在爱的灌溉下成长。这从某种角度来说是对的吧。不过，佳子认为不仅仅是这样。

是因为被依赖了。佳子想。那次考试结果公开的时候，佳子在父母的怀中，仿佛听见了婴儿刚出生时那种无依无靠的哭声。佳子并没有不被爱的回忆。这在当下时代很少见，她已是受到了恩泽。与此同时，她也并非单方面接受着爱的倾注长大，呼喊着"救救我，爱我"，伸来的手也如影随形。

雨势变大了。风一吹，路旁的树枝就摆动着，将叶片上的雨滴甩落。湍流处传来了更激昂的水声。佳子朝桥的下方看去，感受到哥哥想催促她快走，便故意看得入了神。险些被那深不见底的暗绿吞噬。

路渐渐变窄了。紧闭的卷闸门上贴有选举海报，图像因卷帘的凹凸而扭曲着。政治家的眼里闪烁着白光。似乎每一位政治家用于选举海报的肖像照都会拍成瞳孔熠熠生辉的样子。哥哥的发丝上沾着晶莹的水珠，他回头，将自己的连帽衫递给了佳子。连帽衫上，混杂着雨水淋过泥土、草木的气味以及哥哥的体味。他们正步入殡仪馆的地盘，之前的狗狗又叫了起来。佳子躲闪着，听见哥哥提醒她别踩到积水的轮胎印，下一秒他自己就踩了进去，污水溅了一身。

"没拿伞吗？"正往包里塞丧服的父亲问道。哥哥低哼着应了应，就走进殡仪馆找夏小姐了。一身湿答答的佳子被父亲交代换衣服，刚走进室内，就听见先一步碰见哥哥的母亲说："哎呀，怎么都淋成这样。"

换好衣服后，哥哥、母亲和夏小姐仍聊得起劲。同一房间内，弟弟正在玩手机。他一边玩，一边来回把椅背调低又调高。父亲撑着手肘，一副昏昏欲睡的模样。随后，佳子要和父亲一起去车里，可大伞只有一把，父亲便从包里掏出一把折叠伞递给了佳子。父亲脚步很快，佳子跟在他身后半步左右的位置。他的手臂很白，背影又太小太小。有阳光照射时，浓重的影子会让父亲显得高大。可是一旦下雨，父亲就会变回本身的大小。

"这个人，"父亲忽然朝向佳子，碰了碰折叠伞的伞骨，"这个人朝反方向歪着，所以很难收伞呢。"

佳子也伸手摸了摸伞内侧的金属支架，追问道："这个人吗？"

"这个人……"父亲刚想继续说，却察觉到佳子正在模仿自己的口头禅，表情不禁有些别扭。

"爸爸，之前你教功课时，老会说'这个人'呢。"佳子说着，某种冲动急剧涌了上来。佳子用鼻子深深吸起了气，想驱散眼睛深处的热意。

"啊啊。"父亲回应着,目光落向了鞋尖。

父亲再次转过了身。佳子望着他的背影,不禁想知道,自己迄今为止所倾吐的怨言,父亲是否都记着呢。"都是爸爸的错""都是爸爸害得我……"她曾一次次地哭喊着说出这样的话。身体无法动弹这件事,究其根本,大概并不能归咎于父亲。她忽然想要道歉。是我不好,明明接受着你饱含期待的养育,让你那么辛苦地负担我去上学,我却长成了残次品,还在失去上学的能力后,将错都甩给了你和妈妈。佳子想着,好想抓着他的背放声大哭。

"游乐园?"父亲反问的声音明显透露着不悦。刚坐进副驾驶座,母亲就又撒娇又央求地闹着想去游乐园。那里也是以前开车去过的地方。游乐园在遥远的北边,从这里出发,算上睡觉时间,需要花上整整一天。母亲把原本要回外公外婆家的弟弟也哄进车里,说要带他一起去。而明天不用上班的哥哥自然是……没有来。哥哥的回复让母亲沮丧不已，但她似乎决定了，就算只有剩下的四个人，一起去也好。

"就是想去嘛，难得来到这边了嘛。"

父亲故意大声叹了叹气，指尖不耐烦地竖在了方向盘上。"我说啊，你到底有没有搞清楚，这次是参加葬礼，不是旅游啊？"

"可是，没这种机会了吧。就这样回去，根本都不知道下次出远门是什么时候了嘛。你这人，明明以前都会旅行的，现在怎么完全不肯了。"

见父亲沉默，母亲转而苦恼地看向了弟弟："都已经让爸爸妈妈先走了，总不能让小彭一个人回去吧。"

父亲再次大声叹气，一副连争辩都嫌费力的样子。"那你自己开车吧。"说着，他粗暴地推开车门走下车，"我反正要睡觉。"

"知道了。"母亲弓着身体，心花怒放地移动到驾驶座，迅速系好了安全带。她回过头，笑着嘱咐:"你们要是也想睡,那就睡哦。"

"没事吧?"弟弟朝正要坐入副驾驶座的父亲问道。

不等父亲开口,母亲就答道:"没事,没事啦。"

于是这成了争吵的火种。之后,母亲试着搭了好几次话,通通被父亲无视。佳子和弟弟找他说话,他也不理。一开始母亲好像没意识到,直到她又问"晚饭想吃什么",而父亲仍然摆着坚决不回答的架势,她终于失落起来:"干吗啊?"

随着车子北上,天空放晴。车内染上了晚霞的绯红。

事已至此,母亲只好多和孩子们说话。其间还时不时地试探父亲:"在生气吗?""想回家吗?""对不起啊。"

"你想怎么样?"

副驾驶座上的父亲刻意背过脸不看母亲,朝着车窗和弟弟说起了话。弟弟仿佛再也无法忍受一般地开了口:

"这样真的很不好。

"是的，妈妈当然也很不讲理，那么自说自话，可是啊，虽然那是妈妈的不对，但是……"

"可你爸也……"没等弟弟说完，母亲就一心以为自己受到了责备，急忙插起了话。

"不是，他不是要说妈妈。"

"可是……"听了佳子的解释，母亲仍凝视着前方，将矛头指向了弟弟，一下子破了音，"小彭，你还真是，动不动就会说些多余的话。"

声音和话语混作一团。没人听得清在说什么，只徒然地燃起怨怼。为了逃离席卷在耳道深处的灼热，佳子将目光投向了车窗外。景色在车窗外流淌着，目之所及皆烧着霞光。云层里充盈着灰蓝色的阴影，下方风景摇曳着，映在一片暗红中，由炽光勾勒着形状。风起了，稻谷一齐折腰，田地对面的房屋已化作连绵的暗影。漆黑的影子，将那些本拥有着不同轮廓的家吞噬成了一体。

"真不爽啊，"父亲总算嘟嘟囔囔地出了声，

"意思是我错了吗？"

"你没错，虽然是没错，但当时听妈妈决定要去的时候，你并没有好好表明自己的想法。"

佳子看看父亲，又看看弟弟。父亲与弟弟如出一辙地将身体靠向了车窗那侧。弟弟说得铿锵有力，肢体却被安全带束缚着，双脚也在行李的夹击下动弹不得，看起来相当拘谨。

"我说了吧。"

"我可记得清楚，最后还是说好要去吧。"

听着弟弟的话，母亲又来了劲儿："就是嘛，你就是说了嘛，什么'你自己开车吧，我反正要睡觉'。"

"是想让我开车对吧？哦哦，这样啊，哦哦，是这个意思啊。"

"可没那样说！"

父亲无视弟弟和佳子的反驳，强行接替母亲挤进了驾驶座。明明开着车，一吵架就想着换位了事，未免太奇怪。母亲一脸不情愿，也只能随了他。

"你也没阻止吧。"父亲再次发动了车,"不仅你,佳子也是。你们都没阻止是吧。如果我当时阻止,把话说清楚,你们就会让步吗?哪次不是这样?太任性了吧。还记得你妈妈怎么说的吗?反正明天也休假。懂什么是丧假吗?我可不是来度假的!"

"不,都说了,一开始确实是妈妈不对。"

"我只是……"副驾驶座上的母亲忍不住叫喊起来。车里的每个人都如同失重一般,飘浮在红彤彤的落日之上。

"我只是……想要一家人……再一起去旅行而已。我不是总想这样吵。不要总把我说得那么任性啊。"

"没有那样说。"佳子轻声答道,母亲却像没听见一般。

"你们好像不能体会……这种感觉……我以为,这样说不定,能回到过去……过去……就像过去那样,大家开开心心的。"

"还不是你的错。"父亲嗤笑着说道,母亲重重地倒吸了一口凉气。

"不再像过去那样,不就是你的错吗?时至今日,你的病、你的酒瘾,已经把大家折磨成什么样了,你心里没数吗?偶尔放假我们也没法好好休息。"

"生病不是妈妈的错。"佳子朝前方的父亲大叫。

"够了,佳子,已经够了。"副驾驶座上的母亲哭了起来,"是我的错,全部都是我的错!"

"都说了不是的!"弟弟原本还一脸严肃地想解释清楚,耐心却瞬间飙到了极限。他发泄般地叹着气,叹气声与母亲的哭声混杂在一起。

"不,也不能说不是吧,实在是,该怎么说……"

弟弟的语气,似乎宣告着放弃。他觉得父亲已经无药可救。

"你到底想说什么啊,你这家伙?"父亲怒吼出声。

"到底什么意思？你刚才笑了吧。你该不会以为就自己是对的吧。"只见父亲转头，整张脸都扭曲了。就在弟弟变回面无表情的那一刻，父亲发现他之前竟然在笑。父亲再次面朝前方，用低沉到令人发颤的声音自言自语般地说道："嬉嬉笑笑，嬉嬉笑笑。该不会是中学时被霸凌了吧，你这家伙。"

佳子清晰地感受到弟弟屏住了呼吸。不，不仅是弟弟。母亲和佳子都沉默了。原本在哭的母亲仿佛被吓傻了。"喂。"母亲的叫声如同悲鸣。"喂，你说什么，这和现在无关吧。"说着，佳子侧目扫了眼弟弟。弟弟瞪着眼睛，激烈的情绪在一瞬间涌了上来。他呆滞地板着脸，似乎是想抑制泪水夺眶而出。"所以我才很讨厌你们。"弟弟颤抖着声音，竭力说出口。

"是吗？好吧好吧好吧，都是父母的错啊。"父亲扭转着方向盘答道。母亲惨叫着制止父亲。

"闭嘴啊,"佳子也叫出了声,"你知道自己在说什么吗?你搞没搞清楚现在的情况?"

"是的,在下知道。"父亲故意说了敬语,很显然,父亲体内的哪个部分悄然切换了模式,让他无法停下来,"说是霸凌、霸凌,其实只是想归咎于其他人吧。明明是自己的错啊。总说些不合时宜的话,莫名其妙插手别人的事,对吧。这种家伙,中学里有,进到公司里还有。总摆出一副局外人的样子,满脸自以为是。然后呢,等周围人都避开他,他自己反倒又说什么心理有问题了,要逃避、要离开,是吧。就这样受周围人摆布。我啊,这一辈子,一次都没有让人霸凌过。"

一滴泪水从弟弟的眼中滑落,映着照进车内的光,微微闪烁。弟弟歪着嘴角。佳子想,他是在拼命想要摆出笑脸。田园风景持续流淌在车窗外,将散未散的阳光似乎更耀眼了,在这漫无止境的黄昏里,在这车里,洒满了最绚烂的颜色。

愤怒流过。愤怒、悲伤都如光一般流过。热

意几次贯通佳子全身，像阳光在电线上流动那般，闪烁着一丝一丝锐利的银光。流过耳朵、流过眼睛深处，鼻梁随之发热。佳子发出浑浊的声音，抬腿朝驾驶座的靠背猛踢一脚。阳光再次照射在电线上。踢中的瞬间，佳子看见靠背上映出了人形。脚跟正好踢到了他的心窝处。背部受到攻击的父亲倏地倾向前方，踩下了急刹车。所有人都静默了。静默得令人发怵。父亲无言地打开了车门。母亲低声哀求："不要啊，不要啊，别这样啊。"母亲的声音越来越大。父亲的气息沉沉地扑在皮肤上。佳子的手臂摇摇晃晃地被父亲拉过头顶，他握紧的拳头也迅速发白。

皮肤很热。一切都无法原谅。刚才还一心想道歉，想着一切都怪自己，真是想错了。每次都是这样。每次刚想着双方都难辞其咎，转瞬又觉得对方无法原谅了。明明无数次都想着无法原谅，可过一段时间，又开始觉得是自己不对。想不通了。完全没有想通过。最终，佳子哭着哭着，哭到泪水都干涸了，才重新找回冷静。唯一明白的只有一件事。

踢靠背也是一种暴力。并且，在暴露暴力的瞬间，佳子在心中正当化了这个行为。父亲或许也是这样吧。像佳子踢靠背那样，父亲是不是也以"面对被伤害的正当反抗"这种想法，对家人行使着暴力呢？回忆起来，父亲的确有着容易受伤的一面。他之所以会因佳子和家人们的话语而受伤，应该有着更深的缘由。想到这里，奶奶的脸庞浮现了。可一定不只是因为她吧。不仅如此，如果追溯起来，已逝的奶奶所为背后一定也根植什么缘由。大家都在踢靠背。像踢靠背那样，坚信着这是在反抗自己或是家人受到的伤害，以此伤害对方。

就算是这样……佳子想。就算是这样、就算是这样……她却想不到接下去的话。怎么想都想不通。佳子哭累了。背部感受到车的颠簸，如同巨大的波浪，将佳子卷入了睡眠。

脑海中，奶奶所写的"贺正"二字挥之不去。大人们常常会劝解佳子，父母是可以舍弃的。去活出自己的人生吧。你没有必要背负那些事。那是站在佳子的立场，倾听佳子的描述，才会说出来的话。有关自身被害的经历，佳子倾诉得很流畅，而加害的记忆，由于缺乏实感，她无法进行清晰的表述。因此只能得到偏离初衷的答案，这令佳子再难做出回应。

身体随车摇摇晃晃，脸颊贴在车窗上凉凉的。佳子微微睁开了眼。每当车外闪过灯光，她都会下意识地压低呼吸。车内充满了人的气息。母亲的气息、父亲的气息、弟弟的气息，以及佳子自己的气息，呼出，交融，再吸入，如此维持着生存。怎么可能不觉得痛苦呢？佳子曾无数次地渴求拯救。可是，独自抽身又并非佳子期望的结果。

这世界总在告诉你，要逃离伤害你的人、逃离伤害你的地方。然而，人或多或少都是互相伤害的。至少佳子觉得，没有人能不伤害任何人。

那么，自立的人们之间，究竟有着何种联结呢？是限定在自身与对方都不会困扰、自身与对方都不会受伤范围之内的联结吗？佳子对家人之外的人，就是如此联结的。一旦超出那个范围，就到了落潮之时，不得不结束关系。可家人是不一样的。佳子曾一次又一次地想：难道必须独自逃离吗，为了自己的健康，为了自己的性命？大人真的无法明白，在这种无计可施的状况下，对家人弃之不顾，会痛得如同自己被丢下一样吗？在佳子听来，大人的那些话，与身处火灾现场时要求她扔掉孩子没什么分别。每次听到，她都深深感到痛苦。那两个人，是我的父母，亦是我的孩子。我们明明一直相守着，可不知是在哪一刻结下了纠葛，关系才渐渐走向扭曲的。每个人都依然在求救。这与是否身为大人无关。大人应该停止自怜与依附，顾好自己的事。如此寻常的道理，佳子自然了然于心。不必他人多说，她也清楚这才是正确的生存姿态。可是，佳子想待在因不曾被爱而受伤的那两个人身边。佳子想背负着他们一起离开地狱。因为想这样做，她才会挣扎。因为做不到，她才会哭泣。

大人们以"依存"一言粗暴地忽视掉一切纠缠、挣扎与求生欲，这般普遍自立的世界，才是佳子想要舍弃的。佳子总觉得自己给这个世界平添麻烦，是社会的渣滓，所以一直有种非消失不可的念头。然而，她在此刻想到，难道这种念头的产生，不是因为这个将自立视作最佳生存方式、以"无法自立就称不上大人"这种含糊的话步步紧逼的现代社会吗？这种人世墨守的规则，对佳子来说才是毫无用处的。佳子想坐在这辆车里。她想乘着这辆车，飞驰去往任何地方。

"那辆车……"

行驶在山路间,父亲忽然打破了沉默,佳子的目光也追随起了"那辆车"的尾灯。一辆小型车凭借着两盏红色的光浮现在盛夏的暗夜里,又因雾气环绕,看上去如幻影一般。车飘荡于雾海上,时不时会像着魔一般地朝右侧吸附。眼看着要越过白线了,又晃晃悠悠地驶回了车道中央。父亲低声嘟囔道:"这人在打瞌睡。"

"哪里?"副驾驶座上的母亲正半睡半醒,声音几乎都融在哈欠里了。

父亲抬了抬下巴，示意左前方。

"好危险……又超车了。"

逐渐理解现状的母亲口齿清晰起来，语气也越发激动了。伴随着父母的对话，惺忪睡眼所追逐着的尾灯，第一次在佳子心中具象成了危险的标志。佳子意识到自己已经凝望许久那令人不安的两缕灯光。

皎月原本像缝在了窗前一般抬头总能望见，此刻也被浓雾掩盖着无法辨认了。缠绕着枯藤的围墙以及路面，仅在车辆来往的灯照下，才短暂显现出确切的形状，随后又被夜雾所吞没。佳子的眼神扫向车前窗，道路上的白线呈现着海的颜色，不断地在视野尽头涌现，又舒展着贴近，随后被吸入车底。眼看着、眼看着，远处照明灯的间隔越拉越长，继而流向了后方。载着四人的车，行驶着，深入着孤独。

"熊谷车牌啊。"父亲说道。"加减除。"弟弟轻声嘀咕着，惹笑了母亲，她无奈地感叹着"开始了"。佳子又接着说"加减乘也行"。"是啊。"父亲答道。这是利用加减乘除将车牌号上的数字算成十的小游戏。小时候父亲教给大家规则,之后一家人经常玩。母亲嘴上会吐槽"好好看风景啊",有时却比谁都先算好,讲出答案时一脸得意。

又开始消融了。佳子想。刚才的事情,于脑中再放映时,已经有些褪色了。对于动辄就发怒的父亲、一喝酒就忘了自己所作所为的母亲,佳子有几分想原谅,又有几分无法原谅。不仅如此,一旦肌肤被对方的话语渗透,佳子甚至会怀疑自己是否能站在给予原谅的立场上。会不会,自己本来就没有资格去论原不原谅?会不会,其实根本就没什么异常?某些时刻,她宁愿忘记一切。佳子不确定,自己定义的谩骂与暴力,在其他家庭里会不会只是极其平常的现象。父亲对弟弟说那番话时,她沉默地听完是不是才是正确做法?可那样做,便什么也无法留下。佳子无法忍受痛苦被当作没有发生过一样。然而，就连那番话也一如往常地模糊了。消融痛苦的夜晚来了。清晨也会来。总是如此重复着。

半眯着眼时，有光渗进了眼皮，呈一种鲜嫩的木色。佳子的脚触碰到了凉丝丝的车子内壁，紧接着便意识到那粗糙的表面正以极为反常的频率振动着。佳子一惊，险些咬到脸颊内侧的肉。

疾驰着。车，正在疾驰。

佳子猛地弹起身体。是谁在开车？为什么要开车？她完全没有头绪，瞬间鸡皮疙瘩起了一身。她定睛一看，昏暗中，橙色灯光下微微蠕动着的那个人，不就是母亲吗？佳子嘶哑地叫出了声。"怎么了，这是要去哪儿啊，妈妈？"佳子抓紧了面前的驾驶座。母亲的肩膀一颠一颠，车似乎左右颤了颤。视线里，她黄色的棉毛衫都晃到发白。车窗上覆盖的防窥罩纷纷脱落，飞扬的纸胶带发出了聒噪的声响。前方只能隐隐看见黑压压的群山，一股难以名状的恐惧，嗖嗖地涌上了后颈。

"我在开车啊。"

母亲发出了假装冷静时惯用的声线。随即，她又用舌头打结的感觉重复了一遍。母亲气息紊乱，咬紧的齿间泄露了浑浊的声音："一起去死。"那句话中，"死"的发音格外刺耳，令佳子不禁吞了吞口水。眼前的画面，比想象中的还要阴暗。蜿蜒的道路，仅凭车灯勉强照亮着有限的范围，暗处究竟是灯光的边际，抑或是路的尽头也无从得知。佳子陷入了慌乱，仿佛随时会被抛向悬崖、深山或是海岸。完全无法预料，下一个转弯后会遭遇什么。弟弟与父亲也醒来了。

"你在干吗啊？"父亲的声音也颤抖着。他踩实了脚底，正努力从放倒的后座爬回副驾驶座。

"一起去死。事已至此，已经，只能这样了。"

母亲的尖叫不光出自喉咙，更像是由瞪大的双眼、双耳以及发梢一齐迸发而出。

"我已经到极限了。"母亲犹如绷紧的弦，仿佛随时会断裂。"既然你说一切都怪我的病，都怪我，"她怒吼着，"那就由我来结束。反正是我的错，就让我来结束吧。"

佳子愣住了，原来父亲的那些话，在母亲心中有着"不愿模糊化"的分量。方向盘被飞溅的唾液、鼻涕以及止也止不住的泪水打湿，在阴暗中闪着湿漉漉的光，而握在上面的那双手，越发剧烈地抖动起来。母亲扭转着方向盘，开上了一道斜坡。有那么一瞬，车悬空了，佳子大脑空白地发出了惨叫，随即便听见了刹车的声音。不知踩下刹车的究竟是母亲，还是从副驾驶座探出了身体的父亲，总之车停下了。照明灯打开了。到了父亲的施暴时间。也就是母亲的受伤时间。不久后，耳旁就会响起父亲震怒的声音。

"喂。"然而，父亲只是轻轻地戳了戳母亲。或许是灯光太刺眼，他的眼睛几乎眯成了线。他再次呼唤："喂。"母亲昏沉沉地晃了晃头，没有应答。

"你是不是傻啊?"

父亲的声音听起来困到了极点。刚才那癫狂而惊险的时刻,经父亲的手,若无其事地结束了。又过了一会儿,母亲不再动了。父亲摇了摇头,似乎已无力应对。他推开车门,绕到驾驶座,将瘫软的母亲推到了副驾驶座,接着将开上斜坡的车缓缓倒回了平地。做什么都没有意义。此刻,就算自己再怎么揪紧胸口、再怎么痛哭,父亲也不会有所感触。的确,只要真正的自杀没有发生,父亲都会当偶然的失控来处理。父亲又说了声"真傻",看向了导航。

"为什么?"佳子重复着疑问。她想问,为什么你可以做到那么残酷?可她明白,问了也无济于事。指责不过是徒劳,还会引发新的争吵。

母亲看起来如尸体一般。但只要睡上一觉,她就会重新动起来。仿佛除了身体都被杀死了一般,她会在睡眠中忘却,然后再度苏醒。身体一点一点地变得不再动弹,但依然活着。

又开始模糊了。重复着，模糊化发生的一切。这柔软而温暾的地狱，早已随处可见。彼此摩擦着，各自犯下数不清的小恶行，因此坠入其中。在地狱里，最难耐的或许既不是落入血池的灼热与疼痛，也不是三途川边以灰砌石的艰辛。地狱的本质是持续本身，是没有尽头，是反反复复。

有什么必须得改变了。至少佳子觉得，母亲是在试着改变什么。这件事便是信号。佳子必须接过她的期望，做出改变。可是，该怎么做？佳子不知道，但也无法弃之不顾。她想到了求助哥哥。佳子给哥哥打了电话。他没有接。她又联系了夏小姐，终于和哥哥说上了话。佳子尽全力恳求他："就这一次，哪怕只是过来就行。"

说出"救救我"这种话的自己很狡猾。即便如此，她也必须把他叫来。

在那之后，车跑了一整夜。佳子睡着了。她睡了很久，才被戳着脸颊醒来。母亲手里抓着芝士鳕鱼条，见佳子睁开了眼，就塞进了她嘴里："好吃吧。"佳子还没恍过神，愣愣地咬了两口。没能咬断的鳕鱼条残留在口腔里。

"水在哪儿？"听见佳子沙哑的声音，靠近内侧的弟弟找到瓶装水递了过来。父亲也醒了。弟弟支起单膝坐着，父亲则是侧卧着单手撑头，众人中间，摆放着零食和小吃。

"我们醒得很早。"母亲微笑着。光映着母亲的头部，从后方投射进来。正在下晨雨啊，佳子慢半拍地意识到。那淅淅沥沥的声响，听来恍若无声一般。雾雨天，大家的皮肤看起来都白白的。

实在是有种不现实的感觉。狭小的车里，母亲、父亲与弟弟都在。佳子一瞬间还产生了哥哥也在场的错觉，但那是不可能的。

"要是你也早点醒来，还能看见日出呢。"母亲拿着佳子喝过的那瓶水，拧上盖子前，自己也喝了一口。

"……你们看到了吗？"

"看到了，很壮观啊！"弟弟憨笑着，"虽然没一会儿就下雨了，当时真像广告一样。"

"总是动不动这样形容。"母亲故作赌气的表情，"你啊，看见漂亮的星空也说什么像星象仪，看见老旧车站或者小巷就说像什么电影、MV啊，没句正经的。"

"星象仪是姐姐说的啦。"

"是吗？"

"不，我懂的。"躺在一旁的父亲嘀咕出声，"确实像广告。美得很呢。"

"真是受不了这家人啊。"母亲嘴上埋怨，脸上却笑盈盈的，"雨会不会停啊？"说着，她用毛巾擦拭过的手指掀开了防窥罩。

"不太可能啦，"弟弟看起了手机，"点火也一下就熄灭了。"

"好想烤一烤这芝士鳕鱼条啊。烤得脆脆的，可好吃了。还有刚才买的饭团。我们以前经常在小炉灶上烤着吃不是吗？"

"不过下着雨呢。"

"小彭常常会把烤饭团里的馅挖出来给妈妈吃哦。自己就只吃米粒的部分，看起来很好吃呢。"

"我去下厕所。"父亲推开了车门。树木的绿色与停驻车辆的蓝色、红色在一片雨雾之中显得格外鲜艳。佳子下意识地深深呼吸起来。饱含水分的空气充盈了肺部，体内的困意与暖意也随之缓缓退去。水分在体内流动着。视野开阔了。身体忽然变得轻松,一站起身,她的侧腹便泛起抽筋的痛感。佳子打开手机一看,刚过了五点半。夏小姐发来了带表情的信息:"下午两点左右应该能到游乐园。"

"回来就出发了,收拾一下啊。"父亲淡淡地交代着。

母亲回了句:"好哦。"

前往游乐园的路上时阴时晴。佳子断断续续地浅睡着。中午一家人去了趟快餐店,晕车的弟弟也在公路休息站稍事调整,最终抵达时是下午两点半。途中,佳子实在是累到无法开口说话,不过不说话反而可能更好。听见"到了"的一瞬,佳子睁开眼,久违地感觉到有什么回来了,内心不禁雀跃起来。

"你好像小玉。"看着从车上下来的佳子,母亲说道。

"是《樱桃小丸子》里的那个小玉?"

"没错没错。"母亲一脸愉悦地看着戴眼镜、梳麻花辫的佳子。父亲回到停车场,掏出门票说"现在就能进去"。弟弟用类似滑落的姿势下了车,还伸了伸懒腰。

哥哥换乘新干线和电车也来到了这里。佳子只是一遍又一遍地对他说"谢谢"。

游乐园位于山脚处。这天阳光非常耀眼,甚至称得上炎热,之前连续的雨天简直像做梦一样。天空很蓝,晴得纯粹。清晰的树影,每走一步,都在脸上如同轻抚般地流动。

"像上次来一样。"母亲抬起一只手遮阳,另一只手游离在腰部周围。那双手并没有握住任何人的手。服务台所在的建筑物装有音响,和之前一样,园内的广播与歌曲都来自那里。

小动物亲密接触站、户外体能设施以及好几个游乐设施,都在开放中。一家人各自坐了卡丁车,还给羊和驴喂了蔬菜。母亲拍下了各种照片。接着,如梦如幻的旋转木马在树与树之间现身,回忆随着痛感一起在佳子的体内苏醒了。

那时的蝉叫得比现在还要聒噪。孩童们的欢笑声也远比此刻热闹。旋转木马起步的同时，会播放起《面包超人进行曲》。涂成蓝绿色、粉色与黄色的马儿们优雅地上上下下，绕起了圈。本该是这样的场景，此刻却没有任何人坐在上面。也没有任何音乐在播放。

佳子惊诧不已。她害怕母亲会注意到这边。母亲正和哥哥、弟弟一起看驴。不远处，父亲望着他们，挠了挠自己的后颈。佳子用手机打开游乐园的网页，发现这天是旋转木马的停运日。

不记得母亲是怎么发现那件事的了。唯一的印象是天空一片晴朗。阳光照在身上，并非皮肤，而是更深的地方，痛得像烧伤了一样。

"啊——"佳子心一颤，母亲已经在游乐园旁若无人地号啕大哭起来。随后，母亲一直无法停止。她哭了好一阵，还跑去服务台质问为什么旋转木马没有运行。对方解释是停运日，母亲听了更恼火。母亲变得不正常了。在此之前，她从未当着陌生人的面这样痛哭过。可是，佳子知道母亲为何会执着于那个游乐设施。家里的起居室里挂着一张母亲拍摄的照片，是孩子们和丈夫乘坐着旋转木马的画面。母亲一直念叨着，想用同样的构图再拍一张。甚至可以说，这次来游乐园的目的就在于此。哥哥斥责了她，父亲也斥责了她。佳子一句话也说不出，母亲在一旁哭得像个孩子。她又回到旋转木马的附近，苦苦哀求工作人员能不能想想办法。

游客们纷纷投来视线，好奇发生了什么纠纷。

"妈妈。"像是被那些视线催促着一般，佳子叫出了口。她拉了拉母亲的衣袖，刚想劝她"回家吧"，却见一直低着头的母亲，像突然想到了办法一样，抬起脸说："那，至少让我拍张照吧。"

"您这样我们很困扰的，孩子们看了，都会想要坐。"

"那我们这么远过来算什么。"

母亲大叫："好不容易才到这里的。这可是

很重要的旅行啊。只要让我拍张照就好了。让我的家人坐在那里，拍一张照片而已。反正就摆在那里，有什么关系。这根本没给你们添麻烦不是吗？"

"不行，都说了……"

"去坐啊。"母亲不管不顾地扯着佳子上前。

哥哥见状，暴躁地吼道："都让你适可而止了。"

风吹了起来。哭声、斥责声以及周围的小声议论都在一瞬间被风裹挟着消散了。阳光越发强烈了。佳子的脚搭向了栅栏，双手也紧紧握了上去。蓄着阳光的金属烫烫的。佳子落在了沙地上。她拍拍身上的沙，便找起了马。以前那张照片里，她坐的应该是头戴王冠的白马。

佳子摸摸马背，又摸摸马头，然后一跃坐了上去。

"妈妈，照相。"佳子叫道。

母亲慌慌张张地举起了手机。

"爸爸也来。"佳子又朝父亲喊了一声，可他还是一动不动地站在原地。

"哥哥。"佳子的声音变小了。哥哥只是疲惫不已地看着佳子。

"小彭。"佳子试着呼唤弟弟，然而并没有看见他的身影，或许是去厕所了。

枝叶摇曳着。山间传来鸟鸣。人们渐渐聚了过来。哥哥移开了他那黯淡的视线。弟弟回来了，衣服下摆马马虎虎地扎进了裤子，哥哥拍拍他的背，带着他一起走向了大门。等等。佳子想叫住他们，却发不出声音。

"比'耶'！"母亲喊道，"佳子，小佳，来比个'耶'！"

佳子从马身上抬起一只手，竖起了两根手指。她挤出笑容。暴露在众人的目光里，身体直发热。哥哥和弟弟越走越远。佳子想，是不是自己做出了羞耻的行为？但她很快转变了想法。身体会发热，是因为太阳高高升起，要怪就怪倾注在头顶的阳光吧。

那时，日升是痛苦的，日落也是痛苦的。若不将痛苦归咎于外物，就连活下去都做不到。有个瞬间，佳子意识到人们施加与被施加的痛苦，如果追溯起来，尽是无可奈何的事。所有暴力，都并非诞生于人。正如阳光由天空注入地面成为万物之源那样，从天而降的暴力将经由血液不断地传递下去。人会感到痛苦，错在从天而降的光。旅行结束后，佳子发现自己无法从车上下来了，于是坚定了这种想法。后来，佳子住在了车上。每天早上，由母亲直接开车送她去上学。

似乎听到了什么声音。醒来时，又听不见了。佳子想起来，昨晚发生了火灾，消防车好几次穿过街道，警笛响彻了四面八方。耳畔的余音至今未消，也不知道是哪里着了火。

　　一辆摩托车停在了对面那户人家门口。佳子听见信箱开了又关，接着车又扬长而去。是从那次旅行之后开始的。整整半年里，佳子都在车上起居生活。凭借床车旅行的经验，试着长期在车上过夜后，佳子觉得车比房间住起来轻松多了。不必强行支起身体，只是继续躺着，就能被送到学校。熄掉引擎后虽然没有冷暖气，但只要关好车窗，也没什么大不了的。不怎么喝水，就不需要频繁排泄。想上厕所或是泡澡时，去一下附近的便利店、公园或是澡堂就能解决。夜晚时，无论如何都无法朝家门迈开脚步，但其余时间里，倒也能进去吃饭或是冲澡。唯独入睡与醒来，是一定要在车上的。至于为何会如此，佳子也做不出清晰的解释。父亲凶母亲："你太惯着她了。"他还吼了佳子："你太任性了。"佳子觉得他说的没错。早上，母亲会给佳子带来便当，把她送去学校后，自己再去上班。工作结束后，她又来接佳子。佳子会先回一趟家，把穿过的衣服扔进洗衣机，趁这段时间冲好澡，再拿一身晾好的衣服回到车里，放倒座椅靠背，铺上被褥，为睡觉做准备。

只要佳子待在车里，父亲就无法在外面大声责备或是强行拉她出去。最重要的是，住在车里之后，佳子变得能去上学了。或许是这种状态起了作用，佳子好像渐渐做到了放弃。日落后，母亲开始醉酒时，佳子已经不在家了。父亲回家也很晚，于是那段时间母亲独自度过。母亲偶尔会叫她一起吃晚饭，她们会在车上吃，或是出门外食。

母亲敲了两下门，做出了"佳子"的口型。佳子打开车门，母亲戳在车外，似乎在阻挡冷风直接吹向佳子的脸。她撅着屁股坐进车里，问佳子："醒了吗？"

"嗯。"

"有鲑鱼、海带的饭团。想喝猪肉味噌汤的话家里有。"反复使用的塑料袋已经软趴趴的了，母亲从中掏出了铝箔包裹着的饭团。

"谢谢。那我要海带的好了。"

母亲移动到驾驶座上。佳子也调回了后座靠背。随着引擎启动，车颤抖般地震了震。

阳光已经染上了春意。驶下坡道时，路面上尚未干透的雨水边缘闪起了银光，看来会是个晴天。佳子向下蜷起身体,在车门的遮挡下穿好长袜并套上了制服。睡翘的头发全部梳起来便无须在意,佳子直接在后脑勺绑了个马尾,眼角因此上挑。她想起弟弟曾说这样看着像变了张脸。佳子把车窗当镜子照,左右摆了摆头。

驶过坐落着寺庙与公民馆[1]的山间小道,在肉店转弯,经过住宅区后下一段坡,就进入了一条连接车站的大马路。这个车站与离家最近的车站相邻。穿过电车轨道下方的隧道,就来到了车站的北口。通往站台的楼梯一侧有间带停车场的便利店,母亲将车停在了那里。

母亲一边熄灭引擎,一边说"今天爸爸会回家"。佳子一时有些摸不着头脑,便反问是什么意思。忙到再晚,父亲都是每天回家的。母亲很快意识到佳子的疑惑,解释说:"哎呀,爸爸不是去

---

1 日本在第二次世界大战后首先以农村为中心进行建设,继而普及到城乡的公益性社会教育和文化活动设施。

片品了吗？"

"啊啊，去收拾了。"佳子点了点头。夏天时，家人决定在秋天拆掉那个不再有人居住的房子。然而秋天时又冒出久疏打理的庭院很难处理的问题，便想等到野草都枯萎再动工，就这样推迟到了现在。

"没错。花了不少时间呢，昨天和今天都在收拾。"

"东西超多嘛，那个家。"佳子笑了，"工人要进去了吧。"

"快了。好像是上午把家里都收拾好，下午交接施工。"

"都去片品了，我还霸占着车，真对不起啊。"

"说是大伯会送他到宇都宫附近，没关系的。"

母亲转头问："便利店里有什么想要的吗？"

佳子答"没有"，然后拿起挂在副驾驶座靠背上的毛巾和小鹿图案的布袋，站起了身。那是小学时母亲给她缝的装口风琴软管的布袋，佳子至今还在用，里面装着牙刷、水杯、洗面奶，还有梳子。每天早上，佳子就带着它走去停车场旁边的公园饮水处。

那是一个非常狭小的公园，就连鸟也只会径直飞过头顶，并不停留。在特定的季节与时间，光是车站的影子就足以覆盖整个场地，一眼望去，只有沙地、长椅和饮水处。

水有一股金属味，含进嘴里凉得出奇。佳子在这里刷牙、洗脸。每次手快要碰到水时，水流都会像感受到引力一般倾向皮肤。漱了漱口，吐出来的水泛着细细的气泡，从银格子间的空隙中流走。佳子用指尖揉了揉眼角，再以夹睫毛一般的手势洗了洗眼周，抬起头时，排成队的小学生正好在过马路。佳子用挂在肩上的毛巾蒙住脸，转过了身。

佳子坐在了长椅上。视野里流淌着一条壮观的河，远处的山影呈青蓝色，山脚处是一家综合医院。沙地里插了一把蓝色的塑料铲。返回停车场时，又遇见另一群小学生从面前的人行道经过。排在最后的那个小孩一直垂着头，瞥见前面那个孩子的背，又急忙追上去。佳子不再看，她跨过车挡，踩上了碎石路面。回到车里，杯槽里立着两杯拿铁，应该是母亲从便利店里买来的。母亲说自己喝左边那杯没加糖的。佳子从后座探出身体，伸手想拿另一杯，却又听见她忽然感叹："最近的书包真是五颜六色呢。"

远方的建筑物和群山已经沐浴着柔和的朝阳，而眼前的住宅街道依然是一片灰色。

抵达学校后，佳子从停车场走向更衣室。没见几个同学，但体育老师已经到了，一看见佳子就叫住了她。"秋野，"老师故意做出敲打的手势，"之前因为迟到没参加的垒球考试，今天应该补上哟。"

"不好意思。"佳子一答，老师就笑了："没事没事，不过你得陪陪垒球部了。"随后他又露出假装严肃的表情提醒道："快换衣服过来吧。冲起来！"

　　校园生活还是一如既往。佳子一如既往地会因为忘带作业或是必需品被训，但次数比之前少了。不知是出于什么缘故还是有什么契机促成了转变。就像不清楚痛苦的理由那样，佳子也不清楚渐渐疗愈的理由。只不过，确实有老师和同学对她表示了关怀。以完全无法从车上离开作为代价，以前那样大哭大叫的日子减少了。体内的某个部分正在逐渐枯萎、死去。

　　来到运动场，风迎面吹来。同学们嘀咕着好冷好冷，搓动着自己的肩膀，踏上了体育器材库前那条长着枯芒草的坡道。场上建起了投手土台，似乎是棒球部的人正在使用，转头便看见对面扬起了尘埃。是三月的早晨。佳子没来由地感到胸腔充盈起了阳光。

　　前后排互相结成二人组，练习柔软体操。从前屈开始，佳子的搭档张开双脚，双手着地。体操服散发着刺鼻的汗味。搭档的运动衫带有阳光的暖意，佳子的脸颊渐渐靠近她的背部，随后胸口与肩膀都紧紧贴了上去。佳子感受到了她脊柱上的凹槽。那副身体实在是比自己的纤巧太多太多，像需要轻拿轻放的贵重物品。角色调换，轮到佳子张开自己的脚了。"开始喽。"搭档略显拘谨地按住了佳子的背。一阵接近疼痛的眩光感令佳子闭上了眼睛。视线里蔓延起一片红。闻到了尘埃的气味。"觉得太用力就说哟。"搭档说完，又使劲在佳子背上按了两下，然后松开了手。

体操做完，一系列的说明也结束后，体育老师先是招着手喊了声"秋野"，又喊了声"佐伯"，叫来了垒球部的同学。他交代佐伯："麻烦你发发球哦。"

佳子感到占用了她的练习时间，不好意思地道起了歉。垒球部的女孩爽朗地回答："完全不会，完全不会。"她们先是随意地试了一下接投球，然后考试开始了。

"冲啊，喂，秋野，快冲啊。"没能接住的球在地上滚动着。球越滚越远，佳子也跟着跑动。没重复几次，佳子已经上气不接下气。"谢谢你。"佳子喘着气说道。

体育课结束后，同学们纷纷拿起了英语课本。一问，原来是要转移去其他教室上课。佳子从储物柜里拿出书，夹在其中的好几张讲义已经折得乱七八糟。踩着点来到小教室的老师，举起了一只手打招呼："嘿！"随后她用那只手摸了摸自己的头，提起了下周英语会话情景剧的注意事项。

"今天要讲哪页来着？"佳子问道。

"嗯，我看看。"男同学翻起了书。另一位女同学见状，在佳子的书上指了指说："这里。"因为总在睡觉，书上写满了歪歪扭扭的字，佳子不禁有些羞愧。

第六节课快结束时，佳子透过教室的窗户，看见一辆白色的车驶上了学校旁的坡道。在"丁"字路口拐弯时，车体上的光影跟着变化，看上去像在接受洗涤。

放学后坐入车中。到家之后，母亲离开了车，佳子打开现代文的笔记本，打算重新整理一遍。

车窗被轻轻敲了敲，佳子抬起头，发现父亲站在车外。佳子点点头，父亲便坐进了驾驶座。父亲已经很久没坐过这辆车了。"我要下去吗？"佳子问。"不用。"父亲答道，接着问佳子要不要坐去副驾驶座。佳子一惊，注视起了父亲。

父亲穿着一件褪色的条纹衬衫，因为缩水，下摆皱巴巴地卷曲着。母亲好几次让他扔掉，他还是留着继续穿。父亲本就驼背，穿着那样的衬衫，驼背更是醒目。

"好的。"佳子坐去了副驾驶座。

佳子问："要去哪儿啊？"

父亲答："去隔壁车站前的超市买东西。"

父亲握着方向盘，经由国道，来到离家最近的车站，在站前的小道转弯，朝邻站的方向驶去。邻站只有一个检票口，出站后，设有左、右两个方向的南口与北口。因两片区域的开发进程相差甚远，也被称为"明口"与"暗口"。不知是谁最先想到的别称，总之附近的居民都是这样叫的。走出"明口"后，映入眼帘的是一个环形交叉口，周围矗立着各种连锁居酒屋以及补习班，沿商店街的岔路走一会儿，就能看见一座在佳子上小学时建起的大型商场。而走出"暗口"，只能看见公园和银行的ATM。就算走一段路，也只会遇见几间老旧的小商店，剩下的便只有住宅和田地了。这一带的日照不佳，树又很多，即使在白天，也总感觉阴阴沉沉的。超市应该位于"暗口"。

过了好一会儿，佳子才意识到车已经开过超市了。车窗外出现了不认识的医院、不认识的高尔夫球场。佳子来到了不认识的街道。

"刚才在大路上，应该转弯。"佳子轻声说。父亲一瞬间流露出了困惑，含糊地应了声"啊啊"，却并没有折回的意思。佳子看向父亲的侧脸，不安缓缓涌上了心头。这辆车，恐怕已经驶上了连父亲也不熟悉的路。

"超市呢?"佳子问。父亲终于开始掉头。途经了其他的超市,父亲将车停入了一旁的立体停车场。自动门一打开,听觉瞬间被收银区域此起彼伏的扫码声占据了。佳子从墙边取来一个橙色的购物篮,父亲见了便说:"我拿吧。"经过凉飕飕的生鲜食品区后,父亲步入货架之间,往篮子里放了一袋巧克力。"要买'小枝'[1]啊?"佳子有些疑惑地抬头看了看父亲。接着,父亲又选了薯片和熟食。都是一些佳子陪母亲逛超市时不会买的东西。"牛奶。"父亲嘀咕着在店内踱步,找到后,放进了篮子。

回到停车场后,因为父亲说可以打开,佳子于是撕开包装,取出一小袋"小枝"吃了起来。

"作业难吗?"父亲问道。佳子想,应该是在说他上车前自己正要写的作业吧。

---

[1] 日本森永制果旗下的一款招牌商品,是棒状的巧克力零食。

"很难呢。"佳子回答。

"这样啊。"

"不过,现代文很有意思。"

"这样啊。"

车驶入了一条林荫道,两侧樱花还未到绽放的时候。

"我不是回了片品的家吗?"父亲突然转移了话题。

"感觉怎么样?大伯他们都还好吧?"

"嗯。"车驶入了商店街。回到了认识的路上,佳子也暂且安下了心。一时陷入沉默的父亲再度开口:"那个……"

佳子这才意识到,父亲是有话想对她说,于是耐心等待着父亲断断续续发出的音节连成句。

"相册啊,就是,有的吧。"

"什么相册?"

"照片。小时候的。"商店街的路口亮起了红灯。

"啊啊。"

"奶奶之前好像在整理。每人有一两本,我记得她用罗马音标了名字,最大的姐姐是'NAOKO',大伯是'KOICHI',登美枝二姑是'TOMIE'。"佳子仔细回忆着答道。

"没有。"父亲喃喃自语般地说道,"只有我没有相册。"

父亲身后的街道熙熙攘攘。

"我还以为是放在哪里了,试着找了,还是没找到。只能放弃,交给施工队,就这样回来了。"

父亲注视着前方。阳光洒在道路上,周遭仿佛呈现着半透明的状态。佳子蒙住了自己的眼睛。

佳子想起了位于片品的那个家。那个满是尘埃的家。阳光也会洒入那个家。从外面照射进来的阳光,让尘埃闪烁起荧荧微光。

脑海里浮现了父亲伏在地上的模样。那是翻找着相册的他,原本就驼着的背,弯得更厉害了。

首先,找到了哥哥的相册。"喂。"大伯惊讶地叫了一声。接着，又找到了两个姐姐的相册。翻开相册，耳旁传来怀念不已的感叹。父亲转过身，不再听他们兴奋的声音。他拉开衣橱的抽屉，寻找起自己的相册。信件、念珠、茶叶罐里的旧首饰。合上抽屉。合紧的瞬间，抽屉在压力的作用下发出了响声。父亲挪开堆叠的书本，找到厚厚的文件夹，又一张一张地翻开确认起来。合上。拂去下一个文件夹表面的灰尘，打开确认。再合上。他站起身来，环视房间。再度跪倒在地，翻找起了佛龛的深处、旧书的下方以及纸箱内部。说不定会有，说不定没有。佳子只是想象到了，父亲翻找相册时驼背的样子。

　　佳子想：是什么时候？父亲是什么时候意识到没有的呢？是什么时候决定不再找的呢？佳子揣度着那个瞬间父亲内心的想法。她好希望能阻止他。她好希望能冲他说"别去找那种东西"。可是在她的想象中，父亲只是在光里弓着背，继续寻找着相册。那是穿着条纹衬衫的父亲，是身为奶奶儿子的父亲。佳子感到喉咙深处的舌根渐渐发硬，眼泪溢了出来。想象中的父亲无法听见她的声音。

父亲紧握方向盘的手正在颤抖。佳子终于理解了。她曾无数次目睹那白皙而纤瘦的手腕上暴起青筋，也曾无数次被那一使劲骨骼处就凸起、发白的拳头殴打。

男女老少等待着绿灯。绿灯亮起，人们开始从眼前经过。佳子想：此刻，假如父亲踩下油门，新的地狱又要诞生。那是绝对不可能发生的事情，可佳子却止不住想象。人们接连倒下，随后车撞向电线杆，佳子也会一起死去。父亲的手逐渐失力，艰难地擦了擦他的脸。

"为什么会活到现在啊？"父亲无力地叹息。佳子的眼泪接连不断地滑落，含混不清的悲鸣冲破了喉咙。佳子知道，这声怒吼并不能为父亲做些什么，这些眼泪也无法疗愈父亲。可吼叫还是自顾自地冲出喉咙。她只能这样做。总有一刻眼泪会干涸吧。眼泪干涸并非她的期望。可是哭喊着、叫唤着，直到眼泪干涸，就能在一瞬间卸下全身的力量。佳子能做的只有卸下注入拳头的力量。这比背负着力量更艰难、更痛苦。这副身体早已因不断从天而降的暴力而僵硬，要卸下体内的力量，既痛苦至极，又残酷至极。

佳子确认着朦胧视野中的街道。她看见某人想要一头冲入的十字路口，某人想要一跃而下的大楼，某人想要纵身跳入的轨道，某人想要结绳上吊的杉树，某人想要开着车带一家人共同赴死……街道上填满了这样的念头。不过是发生与没发生的区别，而时刻涌入那种气息的街道看上去平静到不可思议。或许可以说，随时可能突发事故的氛围，也构成了平静本身。肌肤被接近透明的阳光刺到隐隐作痛。身旁，是活到了现在的父亲。活着，不过是没有死去的结果。大家都遗忘着昨日的地狱，活在今天的地狱里。在那个十字路口、那条轨道旁、那扇窗户对面，偶尔一次次地选择了生,一次次地拒绝了死,堆积至今,于是父亲活到了现在。仅此而已。

  人们悠然地穿过了斑马线。父亲没有踩下油门。谁都没有一起赴死。阳光洒向路面,正是春天。

文治

磨铁图书旗下子品牌

更好的阅读

特约监制　潘　良　于　北
产品经理　胡马丽花
特约编辑　夏　冰
版权支持　冷　婷　李孝秋　金丽娜
营销支持　金　颖　于　双　黑　皮
封面设计　瓜田李下design
封面插画　瓜田李下design

关注我们

官方微博：@文治图书
官方豆瓣：文治图书
联系我们：wenzhibooks@xiron.net.cn